下郎の月

大江戸定年組

風野真[illegible]

角川文庫
23116

目次

主な登場人物

◆初秋亭

藤村慎三郎《ふじむらしんざぶろう》　北町奉行所の元同心
夏木権之助忠継《なつきごんのすけただつぐ》　三千五百石の旗本の隠居
七福仁左衛門《しちふくじんざえもん》　老舗の小間物屋〈七福堂〉の隠居

加代《かよ》　藤村の妻
志乃《しの》　夏木の妻
おさと　仁左衛門の妻

安治《やすじ》　飲み屋〈海の牙〉の主人
藤村康四郎《ふじむらこうしろう》　藤村慎三郎の嫡男。見習い同心
鮫蔵《さめぞう》　深川の岡っ引き
入江《いりえ》かな女《じょ》　初秋亭の三人が師事する俳句の師匠
寿庵《じゅあん》　腕の良い蘭方医

第一話　下郎の月

一

「ここは感じますかな？」

と、医者の寿庵《じゅあん》が、うつぶせになった夏木《なつき》権之助《ごんのすけ》の左足の裏側をやわらかい筆の先で、文字でも書くように軽く撫ぜながら訊《き》いた。

「うむ。感じる」と、夏木は答えた。

「ここは？」

筆が太股《ふともも》の裏から膝の裏あたりに下りた。

「かすかに感じる」

「では、ここは？」

ふくらはぎの裏あたりである。

「そこはわからんな」

「ほう、たいしたものですな」

寿庵は、夏木の手と足を図にしたものに、筆で軽く印をつけ、今日の日にちを記《しる》した。

松の内も慌ただしく終わり、今日はもう正月の八日になっている。

「ほら、この前はここまでしか感じてなかったのに、あれから十日でここまできた」

「なるほど」

図ではわずかの幅だが、実際の幅は二寸ほどだろう。いままで知覚がなかったところに、知覚が届いたということである。

「これも寿庵先生のおかげだね」

わきから、友人の七福仁左衛門《しちふくじんざえもん》が言うと、

「ああ。夏木さんの努力もたいしたもんだが、ほかの医者じゃこうもいかなかったな」

と、おなじく友人の藤村慎三郎《ふじむらしんざぶろう》がうなずいた。

「なあに。あんたたちの助け合いも大きいのさ。ま、わしの腕もいくぶんは寄与してるだろうがの」

　寿庵は愛嬌のいい蛙のように、にやりと笑った。

　寿庵は、深川の伊沢町の裏長屋に住む医者だが、蘭方から鍼《はり》まで広く学び、名医と評判を取っている。昨年の八月十五日に、夏木が卒中《そっちゅう》で倒れたとき、すぐに仁左衛門が懇意《こんい》にしていたこの寿庵を呼んだ。そこからの手当は、仁左衛門や藤村たち素人の目から見ても、やれるだけのことはすべてやってくれたという感がするものだった。

　倒れてからしばらく、意識がもどらないときはどうなることかと思ったが、五ヶ月ほど経ったいま、夏木はだいぶよくなっている。

　左足はひきずるし、杖がないと、歩くのは大変だが、杖があれば、一人で歩くこともできる。たとえ、杖がなくても、立っていることはできる。まもなく、杖なしでも、ゆっくりなら歩けるようになるのではないか。

　左手はかすかにしびれが残っているというが、いくらか力が弱いくらいで、かなり動くようになった。

「それとな、卒中というのは、運不運が大きい病《やまい》でな、どうも頭のどこかに病が起きるが、その場所によって、症状が重かったり、軽かったりするみたいなのさ。夏木さまは、運もよかったということでしょうな」

と、寿庵は夏木の足に鍼を打ちながら言った。鍼が入るたびに、足のつま先がぴくぴく動くのが面白い。左足は、右足と比べて、ずいぶん細くなったように見える。その細さはやはり、病人の痛々しさだった。

「それは人徳だよ、夏木さん」

藤村がそう言うと、

「なにを言うか」

と、夏木は照れた。だが、藤村は本当にそう思う。自分などが卒中になったら、夏木のような運はないような気がする。そして、それは人徳の差なのではないか。人の罪を追いかける町方の同心なんぞを長いことやったおかげで、その人徳というものが、どんどん失われていったのかもしれない。

寿庵は、夏木の身体に一通り鍼を打ち終えると、藤村と仁左衛門を見て、

「四十前後のころ、身体が変わったようなことを感じなかったかな。そろそろまた、そんなときが来るよ。ここを摂生《せっせい》して、しっかり身体を鍛えて過ごすのと、ただ怠けて過ごすのとは大ちがいだ」と、言った。

「なるほど」

三人はそれぞれ大きくうなずいた。

皆、同じ歳であり、去年の初夏にそれまでの仕事を引退し、倅《せがれ》たちに家督《かとく》を譲った。

夏木権之助は三千五百石の旗本、藤村慎三郎は北町奉行所の定町回り同心、七福仁左衛門は老舗《しにせ》の小間物屋〈七福堂〉のあるじだった。

それが五十五のときのことで、この正月があけ、三人はそろって五十六になった。

「あんたたちも、梅木《うめき》老人のような往生《おうじょう》の仕方が羨《うらや》ましいだろ。あんなふうに、その日まで元気に歩き、ぽっくり逝《い》きたいなら、わしの忠告を聞くことだね」

梅木老人というのは、以前、敵討ちの騒ぎを起こした老人で、剣を振り回す元気な老人だったが、百歳になっているという噂があった。

その梅木翁が、この正月、永代橋の上を元気に歩いていたかと思ったら、突然、倒れ、そのまま息を引き取った。一度も寝ついたことのない死だった。

亡くなったあと、ようやく本当の歳がわかった。九十二歳ということだった。

「では、寿庵先生、何をしたらいいんですか？」

と、仁左衛門が訊いた。そこまで言われたら、養生法《ようじょう》を教えてもらわないという手はない。

「そうだな。健康法というのは難しいものでな、十人が十人にいいというのはなかなかない。人はみな、身体のできがすこしずつちがうので、この人にはよくても、この人にはよくないというのもあるのさ。たとえば、走ったり歩いたりするのは、身体にいいが、膝の悪い人には逆効果になることもある」

「そりゃあそうでしょうが」

寿庵の腕がいいのはたしかだが、ちと説教が長い。

「では、誰にとってもいいというのを一つ教えるか。まず、全身の筋《すじ》や肉をよく伸ばして、やわらかくしておくことだな」

「どうやって？」

「わしが見本を見せてやろう」

寿庵は足を伸ばして座り、ぴたりと頭をつけた。

「ほう。やわらかいな」

と、藤村が驚いた。

寿庵ははっきり歳を訊いたことはないが、どう見ても六十をずいぶん超している。その歳にしたら、信じられないくらいのやわらかさである。

次に足を開いたままにして、また頭を下につけるようにした。これも頭どころか胸まで畳についた。

「これを斜めに倒したり、このまま身体をひねったりする……」

言いながら、いろんな動作をする。

「あるいはだな……」

今度はうつぶせに寝て、大きく背中を反《そ》らせてみせた。背中が見事な半円を描く。

「こんなふうに、とにかく身体のありとあらゆるところの筋と肉を伸ばし、やわらかくするようにする。これはな、頭も使わないとできぬぞ。どこにどんな筋や肉があるのか、考えながらやるのさ」

「なるほどな」

三人が感心しながら、それぞれ身体を動かしはじめたとき、

「寿庵先生」

と、弟子が呼びに来た。まだ十八、九くらいで、このところ寿庵の薬箱を持ち歩いたりしている。寿庵が目をかけているだけあって、賢そうな顔をした若者である。

「どうした両吉《りょうきち》」

「怪我人が運びこまれました」

「怪我はどこだ？」

「金的《きんてき》だそうで」

その答えに、藤村たちは顔を見合わせ、苦笑した。

「ははあ。また、あの黒沢《くろさわ》道場か」

「そうみたいです」

寿庵は夏木に刺していた鍼を手早く抜き、診療のときに持ち歩く箱を片付けて、弟子の両吉に持たせると、急いで〈初秋亭《しょしゅうてい》〉を出ていった。

「そういえば、噂を聞いたことがあるよ」と、仁左衛門が言った。

「どんな噂だい？」と、藤村が訊いた。

「町人のくせに、深川常盤町の黒沢正助《しょうすけ》道場に通い、やたらと強い男がいるんだとさ」

その噂をつたえたのも町人で、嬉《うれ》しそうに教えてくれたものである。夏木や藤村の前では言いにくいが、町人にとって、武士よりも強いという町人の存在は、ひどく小気味のいいものなのだ。

「しかも、そいつの得意な技が、下段《げだん》の突きで、このため道場では金的を突かれて悶絶するやつが続出してるんだとさ」

「ふうむ」と、藤村は首をかしげた。

「そいつのことだろ」

「まあ、そうだろうな」

「黒沢道場というのは、かなり栄えていたのではないか」

と、夏木が訊いた。

「そうみたいだよ」

「道場主はかなりのお歳になっているはずだな。なにせ、わしが子どものときからある道場だぞ」

「だが、倅二人がどちらも腕が立って、大勢の門弟が集まってきているらしいよ」

仁左衛門の知り合いにもそこに通いたいと言っている者がいた。

「だが、下段の突きというのは解《げ》せねえなあ」

藤村は腕組みをした。

三人のなかで、藤村がいちばん剣術に励《はげ》んだ。事実、腕も立つし、剣についてはなかなかの理論派である。

「突きなどというのは、出鼻をくじくから効果があるんだ。しかも、あれは竹刀《しない》の稽古《けいこ》だからやれるが、実際の斬り合いとなると、どうかねえ。そういう技を得意にするなんて、おいらにはまず考えられねえや」

「でも、金的は急所だろ。急所を狙うのは、戦いになりゃあ当然じゃないのかい？」

と、仁左衛門は不満そうに訊いた。

「急所といっても、それは素手《すで》の喧嘩のときはそうかもしれねえ。だが、刀の斬り合いではたいして急所にはならねえ。金的を落とされても、命に別状はねえだろ」

「たしかに」

「しかも、金的なんざ、いちばん剣が届きにくいところだ。それをわざわざ狙うやつがいるのかねえ」

「じゃあ、藤村さんは絶対にできねえ技だと？」

「いや、そこまでは言わねえよ。でも、それを成功させるためには、よほどの工夫がいるだろうな……」

藤村は目をつむり、対峙《たいじ》する剣士を思い描きながら、

「たとえば、面を狙わせ、これを外させたところに、面を打ち返すふりをして、思い切りよく踏み込み、意外な下段を突く。これだとどうにかできるかもしれねえが、おいらだったら、こんな技は絶対にやらねえよ」

と、言った。

「だが、そういう技があると、万が一やられたらという気持ちがあるから、上がおろそかになるだろう。すると、道場では強くなるかもしれぬな」

と、夏木が推測を語った。

「でも、下段の突きだなんて、まるで下弦《かげん》の月みたいな名前だね」

「おい、仁左。下品な技に、お月さまなんか重ねるな」

夏木が愉快そうに笑った。

「そいつには、何か金的にこだわるようなことがあるのかもしれねえな」

いろいろ推測するうち、藤村は興味を持ってしまった。

「常盤町だと言ったな。のぞいて帰るか？」

「わしは今日はやめておく」

夏木は歩くのに時間がかかるので、早めに帰路につく。

「あっしも見たってどうせわかんないしね」

仁左衛門も気乗りしない。

「では、おいらは見ていくことにしよう」

それぞれ立ち上がって、戸締りをした。

藤村たちは、夏木の階段の上がり下りを心配したが、手すりもあるし、下りるときは尻をつくなどして、苦もなくこなしていた。

二階の雨戸を閉める前、藤村慎三郎は外の景色を見やった。

隠居暮らしに入ったころ、これからはいい景色を見ながら残りの人生を送ろうというので、三人で貸家を探し歩いた。

深川熊井町にあるこじゃれたこの家は、偶然に見つけた。

三人とも、一目でこの景色が気に入ったのである。

〈初秋亭〉と名づけたこの家は、大川の河口に建っている。二階の高さは堤の上あたりまで届いているので、ちょうど堤の上に立ったような景色が望めるのだ。

ここから見る大川の河口は、まわりを岸や石川島、佃島《つくだ》、越中島などに囲まれ、大きな湖のように見える。実際、江戸湾の海は波も静かで、湖のようである。

初春の空は青く、刷毛《はけ》で撫ぜたような白い雲が、左から右のほうへ流れている。

澄んだ空気のなかで、本願寺の屋根がよく見えている。

正面に見えるはずの富士は、あちらは曇ってでもいるのか、今日はまったく見えていない。それでも、この景色の雄大さはそこなわれず、藤村は、近頃では富士のない眺望のほうが好きになりつつあった。

永代橋の手前で夏木と仁左衛門と別れた藤村は、そのまま大川に沿って北に進み、小名木《おなぎ》川のところで右に曲がった。

その道場は、小名木川にかかる高橋《たかばし》を渡ってすこし本所のほうに行ったあたり、常盤町二丁目にあった。

小名木川の北にあり、深川といっても本所の武家屋敷が並ぶあたりにも近い。ただ、同じ町内に岡場所もあるので、剣術の稽古には邪魔な白粉《おしろい》の匂いも漂ってきそうである。まさか、そっちの匂いに誘われたわけでもないだろうが、町人らしき弟子もずいぶん出入りしているようだった。

激しい音が外に聞こえている。床を踏み鳴らす音。悲鳴のような掛け声。かなりうるさい音が響いている。

看板には、〈一刀流黒沢道場〉とあった。

道に面した窓に顔をつけ、熱心に眺めている町人もいる。道場には、この手の剣術の稽古を眺めるのが好きな連中がつきものだったりする。

藤村はその男に近づき、

「下段の突きが得意な男がいるらしいな」

と、探《さぐ》りを入れた。

「ああ。あいつでさあ。八百屋をしてるそうですが。ほら、こっちを見て座っている、色の黒い男」

「紺の胴衣を着た男だな」

ちょうど、窓の反対側にその男は、一人、ぽつんと座っていた。ごく目立たない顔立ちで、八百屋にしては威勢が乏しく、むしろ細かい仕事の職人のほうがふさわしく見える。

「名はなんというのだ?」

「さあ、名前まではちょっと」

「ふうむ。そう体格にめぐまれているわけでもないな」

「だが、強いですぜ。今日も一人、医者の世話になった」

町人は自慢げに言った。

「らしいな」

元気がないのは、怪我をさせてしまったことを悔《く》やんでもいるのか。

すると、師範代らしき男が何か声をかけ、その男を立たせた。

「お、また、やりますね」

「うむ」

藤村はじっと、この男の竹刀さばきを見た。

むしろ、受け身の剣なのか。足を絶え間なく右に左に送って、相手の踏み込みに迷いを生じさせる。竹刀をすこし抱きかかえるように持ち、面でも胴でも打ち込んでくる竹刀にすばやく合わせながら、回り込むように反撃を試みる。

身軽な動きではあるが、足さばきに乱れはない。相手の動きに合わせて、押したり引いたりもする。ひたすら強引に、下段を突こうとするわけではなさそうである。

藤村自身が「初秋の剣」と名づけた、歳相応の無理のない剣法にいくらか似ている気がする。

このときは結局、下段の突きは見せなかった。

だが、ふつうの技にも、なかなか切れがあった。

二

それから四、五日ほどして——。

ちょっと近くに出た仁左衛門は、倅の鯉右衛門《こいえもん》の嫁のおちさが、酒を買ってもどってくるところに出くわした。仁左衛門の家が、代々、小間物屋を営んできた七福堂は、霊岸島の北新堀町にある――いや、あったが、昨年の暮れに鯉右衛門がつくった多額の借金のため、人手に渡ってしまった。

「おちさ、待ちなさい」

「はい」

足を止め、気まずそうにうつむいた。せいぜい五合くらいしか入らないとっくりを抱えている。

おちさは、元は浅草の売れっ子芸者だった。ついこのあいだまでは、商売人の妻らしくない派手な着物を着て、すましていたが、さすがに店がつぶれた近頃は地味な着物に変わっている。

「まだ酒を飲ませるのかい」

「あたしだって、飲ませたくて飲ましているわけでは……」

「じゃあ、あたしが注意しよう」

そう言って、返事を待たず、先に路地をくぐった。

正月中、七福の家は暗かった。

店は莫大な借金のカタに取られ、ずいぶんあった家作《かさく》も失った。近くにあった出店と、もともとこれだけは譲らずにおいた仁左衛門の住む長屋の幾棟だけが、なんとか手元に残った。

商人は隠居をしても、家の財産をすべてゆずり渡したりはせず、資産の管理はつづけているという人も少なくない。仕事はしないが、帳簿と金は握っているのだ。だが、それでは鯉右衛門もやりにくかろうと、ほとんどの資産をゆずり渡してしまった。

それが裏目に出た。

鯉右衛門はほとんど無一文になり、仁左衛門が持つ長屋の一室に入った。正月中、そこに籠《こ》もり、だらだらと酒を飲んでいた。

七福堂がつぶれたわけは――。

一言《ひとこと》では説明しにくいのだが、取り込み詐欺にあったのをきっかけに、その損失をいっきに取り戻そうと、鯉右衛門が相場に手を出した。

相場は怖い。仁左衛門などは手を出したことがないので、まさか鯉右衛門がやるとは夢にも思わなかった。一夜にして、儲けと損がひっくり返るからくりに、熱病にでもかかったようにのめりこんでしまう者がいる。鯉右衛門がまさに、これにひっかかった。

これでいっきに五千両を超える借金をつくった。七福堂は代々、現金よりも家作に財産をつぎこんできたので、結局、その家作を手離すことになってしまった。粗悪品を大量につくってしまったのだ。これで、代々築いてきた信用を失った。

この相場の失敗と同時に、鯉右衛門が手をつけた新しい商品も失敗した。

怒った仁左衛門は、鯉右衛門に、

「あの嫁を離縁しろ。けしかけられたんだろう」

と迫ったものである。だが、これに異を唱えたのは、意外にも仁左衛門の若い嫁であるおさとだった。

ただでさえ仲が悪くなりがちな姑と嫁である。しかも、七福の家では、姑のほうがずいぶん若い。仁左衛門などは、内心、ずいぶんいがみ合っているのだろうと思っていた。

それが、

「夫婦がやったことだもの。一方的にあの人のせいにしたらかわいそうだよ」

と、かばったのである。

それで、ようすを見ることにしたのだった。

「鯉右衛門、入るぞ」

「おやじ……」

それまでいた夫婦者に、無理を言って引っ越してもらった部屋に、倅夫婦が入っている。四畳半と三畳の間取りである。

その三畳間で、鯉右衛門は膝を抱えたまま座っていた。

「飲みすぎだろう」

四畳半のほうに立って、仁左衛門は言った。

「そんなに飲んじゃいませんよ。あれこれ考えると、眠れないもんで」

量がたいしたことはないのはわかる。

もともと鯉右衛門は酒が弱く、いい気持ちになる前に吐いてしまうほどである。だから、そんなに飲みつづけることなどは、できるはずがなかった。

問題は、酒よりも、立ち直ろうとせず、こうして家に籠もりきりになっていることだった。店を立て直す気があるのなら、やることはいくらでもあるはずである。

「お前、まだそんなものを眺めているのか」

「あっしはこれに夢を懸けたんだもの」

鯉右衛門の前にあるのは、前につくった手提げ袋のようなものだった。粗悪な品でまったく売れなかったばかりか、七福堂の信用をおおいに失墜させた。

だいたい、江戸の娘たちは、手提げ袋などはあまり使わない。小さいものは袂《たもと》などに入れ、ちょっと大きなものなら風呂敷で足りてしまう。だが、安く斬新なもので、それを流行させようと企てたらしかった。

「なんで、七福堂が代々あつかってきたもので満足しねえんだ？」

「この時代に合わなくなってきてるからさ」

「まだ、あの考えにこだわってるのか」

鯉右衛門は以前、力説したことがあった。中途半端にいいものを売るのはやめて、凄くいいものと、使い捨てができるものに二分するべきだと。そのためには、七福堂を一福堂とお多福堂に分けたってかまわないとまで言ったのである。

「いまの世間を見ればわかるだろ。お客もそれを求めてるんだよ」

「それはお客がまちがってるのだ。まちがったお客に、なんで商人が合わせなければならないんだ」

「お客がまちがってるなんて、よく言えるな。お客に食べさせてもらってきたくせに」

鯉右衛門は反逆の糸口を見つけたかのように、高らかにそう言った。

だが、仁左衛門は鯉右衛門の反撃を鼻で笑った。

「いいか。お前がやろうとしている商売は、お客を馬鹿にしてるんだ。安いものは、こんな程度でいいんだと。高いのは、高ければ高いほど喜ぶのだと。それって、馬鹿にしてるだろ？」

「………」

「あっしのは、いや、七福堂が代々やってきた商売は、まちがってねえ。なぜなら、けっしてお客を馬鹿にしてねえからさ。ぎりぎりいいものを、ぎりぎりの値段で出す。あるいは、良心に従ってつくると、どうしても高くなってしまうが、けっして損はさせねえ。うちは、そういう品物をつくり、それで信用をつくってきたんだ。おめえの商売は、お客を馬鹿にしてるんだ。そこんとこを、よぉく考えてみろ」

鯉右衛門は空《から》になっていたとっくりを蹴ると、ふらふらと立ち上がった。

「くそっ。あんたの説教なんか、聞き飽きた」

「待って、お前さん」

おちさがすがりつく。

「いいから、放っておきなさい」

鯉右衛門はだらしない着付けのまま、飛び出していった。

仁左衛門は、がっかりして家にもどると、思わずしゃがみこんでしまった。

「どうして、あんな馬鹿になっちまったんだか」

藤村慎三郎は永代橋を深川に渡ってくると、堤のほうに上がり、懐から矢立《やたて》と句帖を取り出した。

見えている風景を丹念に何度も見つめる。発句《ほっく》をつくるためである。これも、隠居をしてから、夏木と仁左衛門と三人で新しく始めたことだった。

このところ、句作はますます低調である。

これだという句が一つもできない。

才能がないのはわかっている。つくる句は、単に情景を写すだけで、なにか発句としての飛躍、面白みというのがない。ただ、無理やり五七五にしているだけのような気がしてならないのだ。

今日は土手から振り返って、永代橋を見た。ここもいい景色である。

永代橋がいちだんと高く、大きく見える。流れが橋桁に当たって、しぶきをあげ渦を巻く。この永代橋の雄大さが、うまく句にできたらいいのに、それができない。

その下を荷船が行きかうさまにも、水辺独特の風情《ふぜい》が感じられる。

これほどの景色を目の前にしても、ろくな句ができないのだから情けない。

足長き永代橋に春陽差す
松過ぎて舟荷わずかに軽くなり
船頭が春陽に溶ける河口かな

三つほど書きつけたが、

――駄目だ、これは。

と、句帖をちぎって丸めた。

ふと、初秋亭を見ると、窓が開いている。

土手を下り、扁額がかかった門の戸を開けて、中に入った。

「誰だい？」

二階に声をかけると、

「わしだよ」

「おう、夏木さん。早いね」

三人とも自分の呼び方がちがう。夏木は「わし」と呼び、仁左は「あっし」と呼ぶ。藤村は町人と話すことが多い町方《まちかた》の同心の多くがそうであるように、「おいら」と自分を呼んだ。

五十半ばになって、「おいら」でもあるまいと思うのだが、癖になっていてなかなか抜けないでいる。

二階に上がると、夏木は両足を開いて座り、頭を畳につけようとしている。例の寿庵流の健康法をやっていたらしい。

「ちと、押してくれ」

「無理しないほうがいいぜ、夏木さん」

「では、すこしでいい。自分だけでは、いくらやってもこれ以上は曲がらぬ気がする」

頭は軽いお辞儀程度にしか下がらないようだ。

「じゃあ、こうだな」

そうっと押した。

「痛たたた」

「あまり息むなよ、夏木さん」

息めば誰でも頭に血がのぼる。卒中を起こした人は、息んではいけないとよく言われる。

「藤村はこういうことをずっとやってきたのだろう」

「そうでもないって」

「いや、わしよりは身体に気を遣っていたさ」

たしかにいっときの夏木の暴飲暴食ぶりはひどかった。まさかそれが病の元になるとは思っていなかったが、もうすこし真面目に注意してあげるべきだったと思う。

「そりゃあ、おいらの場合はたまにちゃんちゃんばらばらとやらなきゃならねえから」

身体は動かしてはきたが、ひたすら剣を振るのと、江戸中を歩きまわるのと、どちらも仕事が関わっていたからである。

それに比べて、寿庵に教えてもらったやり方は、全身の筋や肉を伸ばすことができる。なるほどこれは身体にいいと実感できるのである。

「もうちっと早くから、こういうことをしていたら、倒れるなんてこともなかったのかもしれぬな」

夏木は悔《くや》しそうにそう言った。

とそこへ――。

仁左衛門が元気なくやってきた。黙って二階に上がってくると、窓辺に座り、

「ふぅーっ」

と、大きくため息をついた。

「どうした？」

「うちの馬鹿とまた喧嘩さ」

馬鹿とはもちろん、倅の鯉右衛門のことである。

夏木も藤村も、七福堂がつぶれたことは知っていて、同情もしてきた。

「ありゃまだ、店がなんでつぶれたのか、まったくわかっていねえんだよ」

と、仁左衛門は吐き捨てるように言った。

「仁左衛門がいつまでも元気だから、鯉右衛門も大人になれないのだ。ちっと卒中でも起こしてみたらいいのじゃないか」

「夏木さま。やめてくれよ」

「でも、あんまり頭ごなしに、お前はまちがっていると言ったたって駄目なんだよ。たぶん、当人もわかってるんだ。ただ、認めたくないんだろうな」

と、夏木が言うと、わきから、

「そうさ。だいたい親の思うとおりに子どもが育つわけがないんだ。仁左だけじゃないから安心しな」

と、藤村がきせるに煙草をつめながら言った。

藤村が一服するのを見ると、仁左衛門もすぐに煙草に火をつけて、苛々《いらいら》しながらスパスパとつづけざまに吹かし、

「でも、代々の店をつぶすような倅もそうはないよ」

「そんなことあるもんか。どこでもいいから通りを一本見てみなよ。代々つづいている店なんざ、そうたくさんはねえだろ。たいがいどこかで手離したり、つぶれたりしてる。仁左のところはまだ、出店のほうの七福堂は残ったんだろ」

と、藤村は言った。定町回り同心だった藤村は、通りの栄枯盛衰を自分の目でじっかり見てきている。

「ああ。どうにかそっちは残ったよ」

「不幸中の幸いだよ」

藤村がそう言ったとき、階下で人の声がした。

「ん？　藤村、誰か来たぞ」

「え、そうかい？」

「ごめんください」

今度は、はっきり声がした。

「あ、ほんとだ」

下までおりずに、階段のところから首を出して、藤村が訊いた。

「どうしたい？」

「こちらで、いろんなよろず相談ごとにのってくださると聞いたのですが」

「やれることだけだぜ。できねえことは引き受けられねえよ」

そう言って、三人で下におり、話を聞くことにした。

「あたしは海辺大工町で八百屋をしている三右衛門《さんえもん》の女房なんですが、じつはうちの亭主の復讐をやめさせてもらいたいんです」

「復讐って、仇討ちかい？」と、藤村が訊いた。こういうときは、同心稼業で慣れている藤村が聞き役になる。

「そんなたいそうなもんじゃないんですよ。でも、大ごとになりかねないもんで」

「亭主はいくつだい？」

「三十二です」

「八百屋は店を持ってるんだろ？」

「はい。かつぎ売りをしながら金を貯め、やっと自分の店を持ったんです。去年は女の子ですが、ずっと欲しかった子どももできました。それなのに、復讐だなんて。いったい何を考えているんだか」

女房は情けなさそうに、袂で目をこすった。

「どうやって復讐するつもりなんだい？」

何度か殴って気がすむくらいなら、やらせたほうがいい場合もある。執念深いやつだと、怨《うら》みがふくらんでいくおそれもある。

「剣で正々堂々戦うと言ってます」

それは穏やかではない。

「八百屋なのに？」

「道場に通ってるんです。そこでは、かなり腕が立つほうみたいです」

「どこの道場？」

「常盤町にある黒沢道場というんですが」

三人はハッとして顔を見合わせた。

「黒沢道場……もしかして、あんたの亭主の得意技は下段の突きかい？」と、藤村が訊いた。

「さあ、そういうことは……」

そんなことに興味がないのだから、得意技など知らなくて当たり前である。

下段の突きの男の名は聞いていなかった。だが、八百屋だと言っていた。

「復讐って、何があったんだい？」

「はい。いまから四年ほど前だったと思います。かつぎ売りをしていたとき、おいはぎのようなやつに売上げを盗られたことがあったんです」

「その相手かい？」

だとしたら、相手を探すところから始めなければならない。となると、復讐などは夢物語だろう。

「いえ、ちがうんです。それも悔しかったんですが、腕に自信があれば、あんな目にはあわなかったと、剣術を習おうと、道場に行ったんです。ところが、その道場主から町人のくせに、剣術などやるなと股を蹴られたんだそうです」

「ひでえな」

「下郎のくせに、などとののしられたりもしたそうです」

町人だろうが、剣術を習っていけないことはない。そこまで言われたら、恨みを持つのは仕方がないだろう。

「その道場主に復讐をしたいんだな？」

「そうです」

「名はわかってるのかい？」

「はい。酒に酔ったりすると、その男の名をつぶやいて、きさまを絶対に殺してやるなどと呻《うめ》いたりします。気味が悪いったらありゃしません。相手は、依田銀斎《よだぎんさい》というみたいです」

「依田銀斎……」

藤村がつぶやくと、わきから夏木が、

「ああ、林町に大きな道場を構えているな」と、言った。

「たしか東軍流《とうぐん》だったよな、夏木さん」

「うむ。古流だが、あれは強いぞ」

「いくつくらいなんだろう？」

「五十にはなっておるまい。まだ四十すこしくらいではないかな」と、夏木が言った。

「四十か」

「まだ、腕は落ちぬ。相当に強いのはまちがいない」

「まず、勝ち目はねえ」

しかも、万が一、勝っても、今度は弟子たちに付け狙われることになるだろう。

藤村と夏木のやりとりに、三右衛門の女房は顔色をなくしていた。

ちろん、まだ小せえ子どものためにもな」

「わかった。引き受けるよ。たしかにそれはやめさせるべきだな。当人のためはもちろん、まだ小せえ子どものためにもな」

「あの……」

　藤村はもう一度、黒沢道場に行った。

　そこで、稽古に通ってきている町人らしい若者に声をかけ、八百屋の三右衛門のことを訊いた。

「ええ、そうです。三右衛門さんはあっしの兄弟子で、下段の突きを遣《つか》います。兄貴は強いですぜ。侍だって、兄貴に勝てるのは、この道場でも五、六人くらいですから」

「そりゃたいしたもんだ」

　と、藤村が言うと、若者は嬉しそうに胸を張った。

「しかも、兄貴の稽古ぶりは、とてもあっしなんかには真似できねえ」

「熱心なのか」

「そりゃそうです。お侍たちは、子どものうちから木刀を振り回していたでしょうが、あっしらはちがいますからね。だから、兄貴もけっして上達は早くはなかったですよ。でもね、通いはじめて二年目に、以前、金的を蹴られた屈辱をきっかけにして、あの技が完成したんです。そしたら、今度は面白いように勝つようになったってわけで」

「そうだったのか」

あの下段の突きは、股を蹴られた屈辱が生み出したものだったのだ。

三右衛門は今日も、夕方からやって来た。稽古熱心であるのは、目つきなどからすぐにわかる。

「しつこい男の恨みを買うと大変だな」

藤村は思わずひとりごちた。


次に、藤村はその足で、本所の依田道場に向かった。

依田道場は、本所といってもいちばん深川寄りの林町にある。竪川《たてかわ》に面するあたりは、河岸を利用する問屋などが立ち並ぶが、道場はその中に混じっていた。入り口こそそう大きくはないが、奥に長く伸び、常盤町の黒沢道場の三倍ほどはあるかもしれない。

だが、道場の活気はそれほどでもない。

こういうところの弟子に訊いても、腹蔵なく思ったことを言ったりはしない。

そういえば、この近くに、藤村より三、四年前に引退した若林金吾《わかばやしきんご》という先輩同心がいるのを思い出し、ひさしぶりに訪ねてみることにした。

若林はご新造が裕福な町人の出で、隠居をきっかけにこっちに仕舞屋を建てて移ってきた。八丁堀の役宅はそのまま倅夫婦が住んでいる。

その若林は、ちょうど庭に出て、作務衣姿で小さな池の周りの石の並べ替えをしているところだった。

「よう、藤村。おぬしもやめたんだってな」

「去年の桜の季節ですから、そろそろ一年近くになります」

そのまま立ち話になり、しばらく他愛のない昔話をし、

「じつは……」

と、依田銀斎のことを訊いた。

「あれは評判の悪い男でな」

「やはりそうですか」

「町娘を手込めにしたり、骨董屋をゆすって、高価な掛け軸をただみたいな値で奪ったこともある」

「訴えたりはしなかったので？」

「やられたほうが怖くて引っ込んでしまうのさ」

「…………」

藤村はうなずいた。

この泣き寝入りが、江戸には多い。奉行所の偉い連中は、江戸の人の数の割には、訴訟が少ない、事件も少ないと自慢する向きもあるが、現場に出ていた藤村たちは泣き寝入りの多さを知っている。

「このところ、とくに酒を浴びるように飲んでいるとかで、周囲は困っているらしい。どす黒い顔になってきているから、酒毒がまわってきたのさ。いろんなやつが、そのうち痛い目にあうといいと願ってるんじゃないかな」

と、若林は、すっかり白くなった眉をひそめながらそう言った。

もっとも、そういうやつに限って、長生きしたりする。

三

その翌日――。

深川黒江町に住む俳諧の師匠、入江《いりえ》かな女《じょ》が主宰する句会があった。藤村たちはこの人の弟子だから、当然ながら参加する。

この日は、深川八幡の境内を歩きまわりながらつくることになった。「ちっと安易な会場選びだね」と仁左衛門が言ったが、借りていた寺が急な法事で駄目になったということだった。

正月も半ば近くなった神社は、どこか気抜けしたような雰囲気が漂っている。

ひさしぶりで夏木も参加した。

「まあ、夏木さま。よろしいのですか？」

「ええ。どうにか地獄からは這い上がれたみたいです」

「まあ、そんな」

師匠の入江かな女は、そつのない挨拶をする。

じつは、夏木にはちょっと近づきにくいのかなという懸念もあったのである。かな女が夏木の見舞いに来てくれたとき、奥方の志乃《しの》が誤解したらしく、微妙な敵意のようなものを漂わせたのだ。

だが、さすがにかな女は澄ました顔で、そんなことは気づきもしなかったというような態度で夏木を迎え入れたのだった。

入江かな女は、やけに美しくなった。

もともと美人の師匠というので、おやじどもには絶大な人気があったが、去年の夏に長年つきあってきた男と別れた。そうした別れのあとでは、急に老け込むようになる女と、逆に若返る女がいる。かな女は後者だった。三十をいくつか超えているということだったが、いま見ると、二十代の半ばといっても疑われないだろう。

このところ、弟子の数も増え、とくに木場《きば》の旦那衆の句会には、なくてはならない存在になりつつあると聞いた。

だんだん手の届かないところに行くようで寂しい気もしている。

藤村たちは三人とも別々に歩いて句をひねることにした。

また、そうしないと仁左衛門の勢いに、こっちもおかしくなってしまうのだ。仁左衛門というのは、とにかくやたらと数をつくるのだ。

「一歩あるくと、一句できる」

と豪語するが、それが嘘ではない。しかもちゃんと腕を上げてきているから恐れ入る。

藤村は八幡社の裏手にまわり、人造富士があるあたりにやって来た。そこで、やはり句会に参加していた同年代の男二人が、

「師匠にいい男ができたらしいな」

と話しているのに、思わず耳を澄ましてしまった。

「なんでも因速寺の境内で抱き合っていたらしいよ」

「寺の名が出てくるなんざ、本物だな」

男たちは落胆しているようである。

――そうなのか。

藤村も同じく落胆した。

そうなれば、もちろん諦めなければならない。もっとも諦めるもなにも、端《はな》から
いい仲になることなんかありえなかったのだ。

だが、最後に聞いた言葉に、もっと驚いた。

「なんでも、相手は若い町方の同心らしいぜ」

そう言ったのである。

――おい、康四郎《こうしろう》かよ。

藤村は目まいがした。

「なんですか、いったい？」

三右衛門は、警戒するように訊いた。

なんの関係もない男たちといっしょに酒を飲めと言っても怖がるだろうから、藤村たち三人がしょっちゅう集う飲み屋〈海の牙〉のあるじの安治《やすじ》に、三右衛門の店で野菜を買わせた。どっさり買ってもらって機嫌よく挨拶するわきから、

「ちっと、あんたのことで頼まれたことがあってさ。この男の店で一杯やらねえかい？」

と、藤村が誘ったのである。

「だからさ、つまらねえ復讐なんてやめにしなって」

安治がつくるうまい肴《さかな》に舌鼓を打たせたあと、そう切り出したのである。

「もしかして、うちの女房から頼まれたんで？」

「そういうことさ。おっと、かみさんを怒っちゃいけねえ。あんたのことを聞いたら、心配しねえ女房のほうがおかしいもの」

そう言ったのは仁左衛門である。

仁左衛門のわきで、一合きりと約束させられた酒をちびりちびりと飲んでいるのが夏木である。

海の牙の安治は、もしかしたら酒が悪かったのではないかと恐縮し、夏木には酒

を飲ませないと宣言したりもした。そこで、夏木は寿庵に来てもらい、酒は悪くないのだと安治を説得してもらっていた。

その夏木が、

「三右衛門よ。男はときに諦めるのも肝心だぞ」

と、声をかけた。夏木の鷹揚《おうよう》な性格がにじみ出る話し方は、なかなか説得力があるのだ。

「お言葉ですが、あっしが心に決めたことですので」

三右衛門はそう言って、ぐっと盃をあけた。

「そういう話でしたら……」

と、席を立とうとする。

「待て、待て」

藤村があわてて止めた。

「まあ、聞け。依田というやつはな、とにかく女を手込めにするわ、骨董屋を脅したりするわ、ろくなやつじゃないんだ」

「だったら、あっしが復讐心を抱くのも当然でしょう」

「だからな、ああいうやつは、必ず自分で穴に落ちるもんだ。我慢して、見ててみなって。おめえが手を下さなくても、いつか痛い目にあう。おめえが何かすれば、返り討ちにあうこともあれば、勝てば勝ったで罪になるんだぜ」

「承知のうえですよ。男には意地ってもんがあるじゃないですか」

三右衛門は、藤村たちの止めるのを振り切り、外へ飛び出してしまった。

「弱ったな」

と、藤村は頭を抱えた。

夏木も仁左衛門も、あまりにも話が通じなかったので、唖然としている。

しばらくは三人とも黙って酒を飲んだ。

そのうち、

「本当に諦めるのは大事なのかね。おいらは自分で言って、わかんなくなった」

藤村がそう言った。

「あっしも同じことを思ったよ。だって、諦めることだらけだよ。あっしなんぞもいっぱい諦めてきた。商売でも、女でも、倅への期待でも、諦めたことだらけだよ。どうせ駄目だろうと、端《はな》から望まなかったことだっていっぱいある」

と、仁左衛門は酒をあおりながら悔しそうに言った。

「人生はそんなことばっかりだな」

と、夏木もうなずいて言った。一合どっくりを逆さまにする。これも諦めることだと言わんばかりに。

「でもさ、思いがけない仕事を達成したやつなどは、諦めなかったからじゃないのかね。あっしらみたいに簡単に諦めたりせず、しつこくやりつづけたんじゃないのかね。夏木さまだって、一度は動かなくなった半身だが、諦めずにいろいろやったから、そこまで回復したんじゃねえか」

仁左衛門はいつになく言い張る感じである。

また、三人とも黙りこくった。それは、それぞれが諦めたことへの無念さを思い出しているためらしかった。

「でもよ、だからと言って、勝てそうもないだろう。闇討ちでもしねえ限り、斬り殺されるのがおちだぜ」と、藤村が言った。

「闇討ちをやる気なんじゃねえのかい？」と、仁左が顔を上げた。

「やりかねぬな」と、夏木が上を仰《あお》いだ。

「弱ったな」

「ほんとに」

「どうにもならぬな」

今度は三人で頭を抱えた。

四

早いものですでに小正月、一月十五日になった——。

この日は小豆粥《あずきがゆ》を食う習わしである。もっともこの習わしは京大坂が盛んで、ふだん粥を食いつけない江戸っ子たちは、小豆粥には砂糖をかけて食う者が多かった。仁左衛門なども、京の連中が見たら眉をひそめるだろうと思いつつ、砂糖をかけた小豆粥を朝食にした。

朝からいい天気だった。暗くなれば、十五夜の月がさぞかしよく見えるだろうと期待できた。

もっとも、仁左衛門にはあまり嬉しいことではなかった。満月の日になると、夏木が倒れたときのことを思い出すからである。

あのとき、月が皓々《こうこう》と輝いていたのだ。

——今日も悪いことが起きないといいんだが。

そんなことをこの日は何度も思っていた。

昼すぎだった。

「鯉右衛門さんのところで、凄い喧嘩が」

と、長屋の住人から知らせがあって、仁左衛門は急いで駆けつけた。

長屋の手前から、すでにののしり合う声が聞こえている。

だが、手前で足を止めた。

たしかに凄い喧嘩だが、女房のおちさが説得している声が聞こえたのだ。

「根性出してやろうよ、お前さん」

「女は引っ込んでろ」

「いいじゃないか。借金はもう、ないんだから。なんにもないところから始める人だっていっぱいいるだろ」

ほんとにそのとおりだ、と仁左衛門はうなずいた。むしろ、先祖代々のものを背負うより、そのほうがさぞすっきりするだろうと思ったこともある。

「出ていけ」

と、鯉右衛門は暗い声で言った。

「出ていかない」

　おちさは引かなかった。

「出てけって言ってるだろ」

「出ていって欲しけりゃしっかり立ち直れ。そしたら出てってやる」

　おちさの声が居直ったように強い口調になった。もう懇願の気配はない。

「なんだと」

「いま出てったら、あたしがあんたを駄目にしたって言われんだよ。やっぱり吉原で芸者をしていたような女はどうしようもねえって、あたしが陰口叩かれるんだよ。それが悔しいや」

「じゃあ、立ち直ってやる。そんで、てめえをおん出してやる」

「そうさ。立ち直ってみろ」

　と、おちさが怒鳴った。

　――ほほう。

　仁左衛門はそっと、踵《きびす》を返した。

　すこし安心して、初秋亭へと向かった。

　すると、今度は暮れ六つ（午後六時ごろ）近くになって、

「深川の一色町で剣術遣いが暴れている」

という騒ぎが起きた。

初秋亭の隣りは番屋になっているが、ここに佐賀町の番屋の番太郎が、助けを求めて来たのである。

「町方の者も斬られた」

という言葉に、窓から顔を出して騒ぎを聞いていた藤村は、ハッとなった。康四郎であることも考えられないわけではない。

「武士なのか？」

上からここの番太郎に声をかけて訊いた。

「なんでも剣術の先生だそうで。依田銀斎とかいう……」

藤村は飛び出した。

夏木も、

「わしも……」

と言いかけたが、すぐ足手まといになることに気がついた顔をした。

「わしは海の牙で待っていることにする」

仁左衛門はいっしょに行くとついていった。

だが、藤村の心配が杞憂《きゆう》だったことはすぐにはっきりした。一色町の手前で、当の康四郎と下っ引きの長助《ちょうすけ》が駆けつけてくるのに、鉢合わせになったからである。

「依田道場のあるじだそうですね。いま、黒江町の番屋で油を売っていたら、知らせが来たので、すっ飛んできたところです」

黒江町というのがなんとなく気になった。入江かな女の家があるところである。

「あそこだ……」

人だかりになっていた。

依田がいつかこういう騒ぎを起こす予感はあった。だが、これほど早いとは思わなかった。先輩の若林が言っていたように、酒毒が回りはじめたのかもしれなかった。

周りを番太郎たちが突棒《つくぼう》や刺股《さすまた》などの捕物道具を手に取り囲んでいた。

周囲の者に訊いたところでは、こんな経緯だったらしい。

依田は、道場をやめると言い出した弟子を脅しに来た。

話している途中で激昂し、その弟子を斬った。

騒ぎに駆けつけてきた奉行所の中間《ちゅうげん》も斬り、ここに立てこもった。

斬られた二人は、家の前に倒れたままになっている。血の量からしても、どちらも息をしていないだろう。

た。


「どうするつもりかな」

と、藤村が言ったとき、中から依田銀斎が出てきた。襷《たすき》がけである。

凄い腕だというのは知っているので、遠巻きにしていた連中がさっと包囲を広げた。

康四郎が剣を抜き、一歩、前に出た。同時に長助が十手《じって》を構え、すこし横にずれた。

康四郎の剣では覚束《おぼつか》ないが、長助の援護があればどうにかなるかもしれない。

──さらに、おいらの手助けが加われば……。

藤村も剣を抜いた。

依田銀斎はこちらを見て、馬鹿にしたようにせせら笑い、

「木《こ》っ端《ぱ》役人どもにわしを捕縛できるか。片っ端から叩き斬ってやるから、かかって来い」

と、吼《ほ》えた。

そのときだった。

隣りの家から、あの八百屋の三右衛門が現われたのである。

──もしかして、この騒ぎはこいつが仕掛けたのか。

と思ったくらいだった。

「なんだ、下郎。わしとやる気か」

依田は薄ら笑いを浮かべながら言った。下郎というのは、この男の口癖かもしれなかった。

三右衛門が手にしているのは刀ではなかった。青みがかった竹の棒だった。

「あっしを覚えていますかい？」

と、三右衛門が訊いた。

「誰だ、きさまは」

依田はまったく覚えていないのが、口調からもわかった。

「あんたに怨みを抱いてきた者だよ」

三右衛門はそう言って、竹棒を青眼から下段に落とした。面の防御ががら空きになったように見えた。

たちまち依田が面に斬ってかかったが、一瞬早く、三右衛門はこれをかわし、依田の頭を狙うかに見せつつ――。

そこまで見て、藤村は駄目だと身を硬くした。

下段の突きは届かない間合いだった。それは、依田がすばやく間合いを外したからだった。

　ところが事態はちがった。

届かないはずの竹棒が、依田の股間に炸裂していた。

「あううう」

依田は苦痛の悲鳴をあげ、地べたに転がって悶絶した。


その夜——。

〈海の牙〉の窓から見る満月は、眩《まぶ》しいくらいである。

「あっしが仕掛けたなんてことはありませんよ」

と、三右衛門は、藤村たちに照れながら言った。

「あそこにいたのは、ほんとにたまたまなんです。世話になった人が亡くなったので、その葬儀に来ていました。だから、依田が姿を現わすまで、暴れているのが依田だとは知らなかったんですよ」

「そうだったのか」

たしかに、なんの面識もない八百屋の三右衛門が、依田に何か仕掛けてああした状況をつくることはできるわけがない。

たんです」

「あっしは、旦那たちに説得されたあと、やっぱり復讐なんて諦めようと思ってい
「そうなのかい」と、藤村は驚いた。

「でも、あいつの顔を見たら、ついふらふらっと出ていってしまいました。あっしはまだまだ精神の修行が足りませんや」

「へえ、そうなのか。あんた、諦めようと思ったのかい」

と、仁左衛門が嬉しそうに言った。

「ええ」

「あっしらは、あんたを説得したあと、諦めろと言ったのはまちがいだったのかなと話していたのさ」

「そうなんですか。あっしのほうは、あの説得のおかげで、ずいぶん頭を冷やすことができたんですぜ」

どうしたらいいか、三人はさんざん悩んだが、まだ結論は出ていなかった。

そこで、今度は仁左衛門が商人の道ということから説得してみようとしていたのだった。

「ま、諦める、諦めないは、物事によりけりなんだろうな」と、夏木が言った。

「それに、人間なにもかも諦めずにやりつづけるなんてことは、できるわけがねえ」

と、仁左衛門がうなずいた。

「ところで、あの竹の棒はどうしたんでえ？」

と、藤村が訊いた。あの勝負に三右衛門が勝ったのは、藤村が見た限りではあの竹の棒のおかげのように見えたのだった。

「あれは染料をかき混ぜるための竹の棒だったそうです。何も考えずにあの家にあったあれを手にしたのですが、剣よりも一尺ほど長かったですね」

「それが幸いしたのさ」

「あっしがついていることもあるんですね。下郎にもツキがある」

「そのツキかい。おめえは、下段の突きもあれば、そっちのツキもある。よくよくツキには縁があるんだな」

藤村がそう言うと、

「ほら、あっちも下郎の月だよ」

と、仁左衛門が窓の障子を開けて、空を指差した。

「いい月ですねえ」

三右衛門がすっかり毒気の抜けた顔で言った。

「夏木さんが倒れた日が満月だったから、なんとなく満月が嫌なものに思えていたけど、こりゃ関係ねえみてえだ」

と、仁左衛門が言うと、

「当たり前だ。満月の日に悪いことが起きるんだったら、誰もお月さまなんざ拝まないぞ」

夏木がむっとして言い、

「そりゃそうだ」

と、藤村がイカの一夜干しを口の端に咥《くわ》えながら笑った。

第二話　幸運の戌《いぬ》

一

「ごめんください」

と、霊岸島北新堀町にある七福仁左衛門の家の前に客が立った。

「はい」

畳に足を伸ばして、例の身体をやわらかくする訓練をしていた仁左衛門は、すぐには立ち上がらない。御用聞きなら、そのまま帰ってもらう。

「じつは、そちらの家作《かさく》を売っていただいた者でして」

「あ、はい」

嬉しい客ではない。泣く泣く手離した家作である。勝利の雄叫《おたけ》びでも聞かされる気分になってしまう。

「ご挨拶させていただこうと」

「それは、それは……」

無視もできないので、仕方なく立ち上がった。

「つまらないもので」

と、日本橋の有名な菓子舗の名が入った菓子折りを差し出され、

「これはご丁寧に……」

と、挨拶して顔を上げた。

――あれ？

なんか見覚えがある気がする。

「うっふっふ。仁ちゃん、忘れたかい？」

目の前の男は笑っている。

「え？　あれ？」

「連二《れんじ》だよ。昔、裏の長屋にいた」

ぱあっと子どものときの記憶が広がった。まさに、売り渡した家作のその一画に住んでいた同じ歳の連ちゃん。七福堂からしたら、店子《たなこ》の子どもだが、仁左衛門にとっては仲のいい友だちだった。

「おう、連ちゃん。懐かしいなあ。何年ぶりかな」

「あっしがここを出たのが九つのときだったからね」

「すると、かれこれ四十七年にもなるのか」

「お互いもう爺さんだよな」

「まったくだよ」

笑いながら、上に招じ入れた。

おさとは外に出ていていないので、仁左衛門は自分で茶を淹《い》れる。

「たしか、おやじさんは櫛《くし》の職人だったよな」

連ちゃんの家の前に行くと、櫛の材料である黄楊《つげ》の木の匂いがぷんと漂ってきた憶えがある。材料にはほかに象牙《ぞうげ》もあったかもしれない。

「そうだよ。一度、倒れて仕事はできなくなったが、それでも亡くなったのは、えと二十年くらい前だったかな」

「いい職人だったって、うちのおやじなんかずっと褒《ほ》めてたもんなあ」

と、仁左衛門は父親の口ぶりまで思い出しながら言った。

「いやあ、頑固すぎて、商売にならないんだから。なにせ、気に入らないものは、一個といえど納入しねえんだもの」

「それが職人てもんだよ」

たしかに、連ちゃんの家族は、ここにいるときはずっと貧乏だった。職人が信念を貫くときに、家族に生まれる悲哀は、連ちゃんの家で最初に学んだかもしれない。その後、仁左衛門は仕事がら多くの職人と知り合ったが、いい職人はみな、金銭面では苦労がつきまとっていた。だからこそ、商人はそこを考慮し、職人の腕にはできるだけ応えてやらなければならないと思ってきた。安かろう悪かろうは、客も職人もひっくるめて駄目にしていく風潮なのだ。

「でも、尾張町の大きな櫛屋に引き抜かれたんだろ？」

「そう。あのあとは、店のおやじさんにもよくしてもらって、だいぶ楽になったのさ。でも、おれたちの住まいは、愛宕山の裏手のほうに移っちまったもんで、こっちにはご無沙汰になっちまったよ」

「兄貴もいたよな。いちにいちゃんていった……」

仁左衛門と連ちゃんは同じ歳だったが、いちにいちゃんは三つほど歳が上だった。

「おう、いまも元気だよ」

そのいちにいちゃんは、面白い少年だった。

なんというのか、面白いことを見つける名人みたいな少年で、木っ端《こっぱ》でも折れ釘でも、いちにいちゃんの手にかかると、たまらなく面白い遊び道具に変わってしまう。

　その後、仁左衛門が大川の水練に凝《こ》ったのは、たしか最初にこのいちにいちゃんに潜りに連れていかれたのがきっかけではなかったか。

　いちにいちゃんが元気なら、ぜひ逢ってみたい。

「そうか。あんたがあそこを」

「いやあ、昔、住んでいたあたりを売り出すって聞いたからさ。ちょうど、うちも家作を増やしたいなと思っていたときで、どこの馬の骨ともわからないやつに買われるなら、あっしが買おうと。気を悪くしたかい？」

　と、連二は遠慮がちに訊いた。

「とんでもねえ。倅が商売に失敗して、売る羽目になっちまったんだが、連ちゃんに買ってもらえるだけましだよ」

「そう言ってもらえて嬉しいよ。いまは、鉄砲洲で下駄屋をやってるんだ。今度、遊びに来ておくれよ」

　いちにいちゃんとちがって、連ちゃんのほうは目端《めはし》がきき、やることにそつがなかった。さぞ、商売もうまいはずである。

「わかった。ぜひ行かせてもらうよ」

連二が帰ると、仁左衛門は火鉢に当たったまま、炭火で煙草を一服つけた。思い出でも浮び上がらせようとするかのように、ふうわりと白い煙を吐いた。

これで煙草は朝から何服目になるだろう。まだ朝の四つ（十時ごろ）だというのに、十服、いや二十服はいっているかもしれない。これでは、鯉右衛門のだらしない酒を怒ることはできない。どこか止《と》め処《ど》がなくなるところは、うちに代々伝わる悪い血なのだ。

寿庵からもやめろと言われて、何度もやめようとしたがやめられない。禁煙は二日とつづいた例《ため》しがない。一日はどうにか我慢できても、二日目の朝になると、決意は消え失せ、起きぬけの一服を吸っている。

とくに七福堂の倒産騒ぎで、いっきに煙草の量が増えた。仁左衛門は酒よりも煙草にきた。近頃はのべつ煙を吹かしている気がする。おさとが煙草の煙をひどく嫌がって、仁左衛門が一服するとすぐに遠ざかってしまう。

「お腹の赤ちゃんも煙が嫌みたいで、もがくみたいに動くんだよ」

「そんな馬鹿なことがあるかい」

と、言ってみたが、そういうこともあるのかもしれない。小さな生命というのは、毒に敏感で当たり前だから。

そう思いつつ、また、つづけざまに吸った。最近は一度に入れる葉っぱの量も増えている。それをさらに深々と吸う。

すこし息苦しい感じがした。胸がどきどきしはじめた。おや？　と思った途端《とたん》、凄《すさ》まじい速さに変わった。トトトトト……。でんでん太鼓を連打しているようである。

——これは、まずい。

水でも飲もうと、立とうとしたら、今度はめまいがした。視界がぎゅっと狭くなり、自分の手のひらがもみじのように小さく見えた。

すぐに夏木が倒れたときのことを思い出した。

自分でこれは卒中《そっちゅう》だと思った。これで死ぬんだと。だが、いま死んだらまずいだろうとも思った。まだ、おさとが産む子どもだって見ていないのである。なんとか寿庵先生に助けてもらいたい。

宙に手を伸ばし、

「寿庵先生……」

と、叫んだ。だが、喉がすっかり干上がって、カサコソと枯れ葉がころがるような音が洩れたにすぎない。

ちょうどそのとき、おさとが大きな腹を抱えるようにして、もどってきた。手前の部屋で真っ青な顔でへたり込んでいる仁左衛門を見て、

「お前さん、どうした？」

「そ、卒中みたいだ。寿庵先生を」

「そりゃ大変だ。すぐに」

おさとは鯉右衛門のいる長屋のほうに向かった。

しばらくして鯉右衛門が路地を飛び出して行き、嫁のおちさが心配そうに駆けつけてきた。


「自分で卒中だと言ったんだって？」

と言いながら、寿庵は仁左衛門の家に入ってきた。

「自分でわかるなんて珍しいな」

と、笑っている。

そんな寿庵を見たら、仁左衛門はいっきに落ち着いた。どきどきしていた心臓がすっと鳴りをひそめた。

「どれ、診《み》せてごらんよ」

寿庵はそれから仁左衛門にいろんなことをさせた。

目をつむったまま立たせたり、指の先同士をくっつけさせたり、手足をいろんなふうに動かすようにさせたり……。さらには胸に耳を当てて心ノ臓の音をしばらく聞いた。それから腹全体に指をつけて、ゆっくりと押すようにしていく。

ずいぶん時間をかけて、仁左衛門の身体中を探り、

「大丈夫。なんともない」

と、背中を叩いて言った。

わきで心配そうに見ていたおさとや鯉右衛門、おちさもほっとした。

なにより仁左衛門が胸を撫でおろした。

「正直、これでお陀仏《だぶつ》かと思っちまいました」

「まあ、いろいろ心労が重なっただけだろうな」

鯉右衛門が隅のほうでうつむいた。

「ただし、これは医者としての厳命だがね、これから生まれる子どもの成長を見守りたいのなら、あんたに煙草はやめてもらわないとな」

それから寿庵は、ふつうよりも一回り大きな仁左衛門のきせるを手にし、呆れたように眺めて言った。

「おさとちゃん。これは早く屑屋にでも売ってきちまいな」

翌日――。

おさとからもう一日くらいは寝てたほうがいいのにと言われたが、仁左衛門は初秋亭にやって来た。

藤村はまだ来ておらず、夏木が一人で二階にいて、例の筋伸ばしをやっていた。このところ、三人は競争でもするように、これをやっているのだ。

「よう、仁左。昨日は来なかったな」

「じつはね、昨日、ちっと具合が悪くなってさ。寿庵さんに診てもらったら、ただの疲れだって。でも、煙草はやめろと言われたよ」

「そうだ。あんな無駄なものはないぞ」

と、夏木もうなずいた。

仁左衛門も今度こそはと決意をした。だから、今日は朝から一服もしていない。

だが、もう吸いたくてたまらないのだ。

「情けないよ。朝からずっと、煙草を吸うための言い訳ばかり考えているんだ。煙草を吸うと気が晴れるから身体にもいいはずだとか、うちの叔父さんは湯屋の煙突みたいに煙草を吸ったが八十まで長生きしたとか……。未練がましさに自分でも嫌になるよ。こんなに難しいものなのかねえ」

「よく酒よりも煙草のほうがやめるのは難しいというが、本当なんだな」

もっとも、夏木は煙草を吸いはじめたのが、やめる半年くらい前だったので、それほどひどい禁断症状に悩まされることはなかった。

仁左衛門の場合は、十五のときから吸っている。煙草の煙を身体に入れるのは、水を飲むようなものである。

「そうだ、仁左。いい方法を教える。わしはそれで、ぴたりとやめることができたんだ」

「どんな方法だい？」

「贋物《にせもの》のきせるを使うといいのだ。吸いたくなったら、それをスッパスッパとやるのさ」

夏木は篠竹を切って、すぐにつくってくれた。

「それを本物のきせると思って、スッパスッパとやるのさ」

「こうだな。スッパスッパ。ふーっ」

なんだか子どもだましみたいである。

「藤村さんもいっしょにやめてくれるといいのに」

「藤村は駄目だよ。あいつは昔から、意外と我慢ということをしないやつなんだから」

「武士のはしくれのくせにかい」

「まったくだ」

と、夏木も笑った。

そこへ、

「よう、二人とも早いな」

噂をしたところに、ちょうど藤村慎三郎の到着である。

「いま、そこで草楽《そうらく》さんと会ったよ。初秋亭のよろず相談にお願いしたいことがあるので、あとで来るそうだよ」

「へえ。草楽さんの悩みはなんだろうね？」

「なんだか、根付《ねつけ》がどうのと言ってたぜ」

「根付かい……」

根付というのは、煙草の道具入れを着物の帯に引っかけて、落ちないようにするための道具だが、道具というよりは煙草吸いのための趣味の品になっている。

「まったく、煙草をやめようというときに限って、こういう依頼だ……」

と、仁左衛門は腐ること……。

二

草楽さんというのは、初秋亭の三人組の俳句仲間である。

山田屋という薬種屋をしていた隠居で、俳号の草楽というのは、薬という字が草かんむりに楽の字でできているところからつけた。

この草楽さんはざっくばらんな性格なのか、それとも根っから愚痴《ぐち》っぽいのかわからないが、よく身内の愚痴を聞かされる。

いちばん最新の愚痴は、こんなものだった。

女房は五年くらい前に亡くなったが、子どもが六人いて、これが全部、娘なのだ。しかも、この娘が取った婿が、どれも似たような男なのだそうだ。

「似てるといっても、顔が似ているわけではありませんよ。そろいもそろって、怠け者で、覇気《はき》がまったく感じられないのです。うちの娘たちは、どうもそういう男に惹《ひ》かれる性質らしいのですな」

「ふつうは、どこか父親に似た男に惹かれると聞きますがね」

と、仁左衛門が言うと、

「あたしはいまでこそ俳諧なんぞを楽しむ暢気《のんき》なところも出てきましたが、若いときは覇気があり、しゃにむに働く男だったのですよ。婿たちとは正反対です」

きっぱりそう言った。

夏木などは、そっぽを向き、聞こえないように小さな声で、

「自分で言うことだからな」

と、感想を告げたものである。

その草楽さんが今日はまた、一段と困った顔でやって来て、

「じつは、大事にしている戌《いぬ》の根付をゆずってくれるようしつこくされているのだが、諦めるよう交渉してみてくれませんか？」

と、訊いたのである。

「ゆずれとねえ？」

いちおう、きちんと願い出たわけである。

「戌で十二支が全部そろうらしいのですが……」

このところ、巷《ちまた》で「根付の十二支を集めると、幸せになれる」という迷信ができ

たらしい。ために、干支《えと》を題材にした根付は高値を呼んでいるのだ。

「そりゃあよくあるやつだろ。根付職人や小間物屋などの、要するに陰謀だな」と、藤村が言った。藤村の根付はなんのこだわりもない、寛永通宝に紐を結んだだけのものである。

「そうかもしれませんな」と、草楽さんは言った。

「まったく、くだらねえことに火をつけるやつがいるんだよ」

「だが、こうも流行《はや》りだすとどうしようもありませんな」

「ところで、どんな根付だい？　戌の根付なんていくらでもあるでしょうよ」と、仁左衛門が訊いた。

「これなんです」

草楽さんは、使っているのとは別の根付を、懐から出した。

「へえ、黄一《きいち》の作じゃないですか」

じつは、仁左衛門も七福堂に置いていたことがあったから、根付はずいぶんと集めた。だから、そこそこくわしいし、見る目もある。

黄一というのは、二十年ほど前に爆発的な人気を得た根付細工師で、突然、作品が出回らなくなったものだから、亡くなったのではないかと言われ、いまでは伝説の根付師となっている。

仁左衛門も黄一は二つ持っていた。一つは倅の鯉右衛門にあげ、もう一つは自分で大事に使っていたが、何年か前に浅草に行ったとき、掏《す》られてしまった。財布は取らずに、煙草入れを取ったのだから、狙いは黄一の根付だったのだろう。

草楽さんの根付の意匠は、犬が自分の尻尾を咬んで、身体を丸めているというものである。こうしてぐるぐる回るのだろうと、動きまで想像できる。さすがに黄一の作で、どこか俳画に通じるとぼけた味がある。

「昔、飼っていてかわいがった犬が、よくこのしぐさをしてましてね。また、これがその犬とよく似てるんです。しかも、この犬を飼いはじめたころから、商売にもはずみがつきましてね。ちょうどそのころに、この根付も買いました」

「どれくらい前だい？」

「二十年以上前です。まだ、黄一人気に火がつく前だから、高くもなかったですよ。以来、犬は寿命で死んでしまいましたが、この根付はひそかに幸運の戌と呼んで、守り神みたいにしてきたんです。だから、わたしは金なんか関係なく、これを大事にしているのですが、いくら高くてもいいからゆずってくれと、近頃は毎日、やって来るんですよ」

草楽さんは、大事そうに撫でながら言った。

「相手は？」と、仁左衛門が訊いた。

「但馬屋周右衛門《たじまやしゅうえもん》といって、蔵前の札差《ふださし》だったんですが、いまは隠居して、深川の東平野町に住んでいます」

「但馬屋か。そりゃあ銭もうなるほど持ってるな」と、夏木が言った。

「悪辣《あくらつ》な札差なんだろ、藤村さん？」と、仁左が訊いた。

「いや、そうでもねえと思う。すくなくともおいらは、悪い評判は聞かなかったな」

「わしも、旗本の仲間で但馬屋を使っているのがいたが、とくに文句も言ってなかったがな」

と、夏木も言った。旗本というのは、米が給金のかわりになる御家人とちがい、知行地を持っているので札差はあまり使わない。ただ、金に困っている旗本がひそかに札差から金を借りたりする。

そう悪辣でもなければ、きちんと説明すれば諦めてくれるだろう。

「わかった。この話、引き受けたよ」

と、仁左衛門がこぶしで胸を叩き、けほけほとヤニ臭い咳をした。

翌日――。

仁左衛門と藤村が、但馬屋の隠居を訪ねた。

同じ深川でも、ここはだいぶ木場に近い。町全体に、水と木の香りがしている。

以前、夏木が若い芸者を囲っていたあたりより、もうすこし南に行ったところが、東平野町だった。

「そういえば、あの娘はどうしたかね。たしか小助《こすけ》といったっけ。一度、夏木さんの具合を心配して、見に来たことがあったけど……」

と、仁左衛門は思い出したが、藤村は一度、ちらりと見かけただけである。

「おいらが知ってるわけはねえ。夏木さんだってもう忘れちまっただろうよ」

「どうなのかねえ。若い芸者のことを諦めるのと、煙草をやめるのと、どっちが辛いものなんだろうねえ」

仁左衛門はぶつぶつ言っていたが、ふと足を止めた。

「あ、ここかな……」

屋根瓦が灰色っぽいのが目印だと、草楽さんから言われてきた。ほかにそんな家は見当たらない。

但馬屋は、すでに隠居しているが、家の造作を見ても、干してある布団がふっくらしたそんな暮らし向きを見ても、金に不自由していないのは一目でわかる。隠居家の場所もいいし、景色も初秋亭にまさるともおとらない。むしろ、北斎あたりが描くならこっちの景色を選ぶかもしれない。

「ごめんよ」

と、門の外から声をかけた。

「どなたですかな」

但馬屋が玄関に顔を出した。頭はすっかり禿げあがっていて、後頭部にしがみつくように小さな髷《まげ》がある。穏やかな顔で、札差をしていたというより、歌舞伎の舞台の端のほうで、鼓でも打っているほうが似合いそうである。

「へい。あっしらは熊井町にある初秋亭という庵《いおり》で、よろず相談ごとを引き受けている者たちなんですがね」

「ああ。聞いたことがあるな。たしか元八丁堀のお人もおられるとか」

「あ、それはこちらの藤村さんのことだよ」

藤村は軽く頭を下げた。

「そうですか。それで、わたしのところに何か？」

「じつはね、山田屋のご隠居の黄一の戍のことなんですがね」

但馬屋の温和な目が一瞬、きらりと光った。

「ま、おあがりください」

二階に通された。

南からの日差しが部屋の奥まで差し込んでいて、窓を開けていても暖かい。手前の部屋は前の道に面し、しかも仙台堀が二手に分かれて三十間川と呼び名が変わるあたりを一望に眺めることができる。深川の水景の醍醐味である。

その奥の六畳間が、但馬屋にとっては景色よりも大事なものが詰まった部屋らしい。壁一面は棚になっているが、それは網戸がかかり、鍵を使わないと、開けられないようになっていた。

小間使いらしき娘がお茶を持って来た。かわいい顔をしていて、こんな隠居の家にいるのは、どことなく妙な感じがする。

――もしかしたら手をつけているのかな。

と、藤村は内心で疑った。

「ずいぶん集めましたな」

見回しながら仁左衛門が言った。

「なあに、これはほんの一部です。集めた量はこの十倍以上もありましたが、あまり並べてもきりがありませんので、段々に精選しましてな。どうでもいいのは売り払ったりしたのですよ」

「そうですか」

一つずつが小さな座布団の上に載っている。藤村からすると滑稽な感じだが、仁左衛門は羨ましそうな顔をしているところを見ると、そうでもないらしい。

集める楽しみは仁左衛門にもよくわかる。小さな達成感があるのだ。

集め方はいろいろある。作家でそろえる人。あるいは、色とか意匠、素材などにこだわる人もいる。たいがいは、手当たり次第から入り、徐々に自分の好みの道を確立していくのだ。ただ、収集には怖いところがある。果てしなくなるのが収集癖の怖いところでもあるのだ。

「集めるのもこれっきりにしようと思っていた矢先に、今度の十二支の流行でしょう。あたしも最後にしようと思いまして。そしたら、なおさらですよ。黄一の十二支をそろえたら、これはまちがいなく、江戸でもあたし一人だけなんです」

仁左衛門も但馬屋の気持ちがわかるようなので、藤村が口をはさむことにした。

「まあ、集めるのはけっこうだがね、誰もがあんたのように根付を欲しがるわけじゃねえ。別段、金も価値も欲しくねえ。でも、その根付にこもった思い出は大事にしたい。そういう気持ちの人間だっているんだぜ」

「わかりますとも」

但馬屋はしゃあしゃあとした顔でうなずいた。

「山田屋はもう嫌だってさ」

「そうですか。そんなに嫌がっているとは、ついぞ知りませんでした。あたしが行くと、適当に話し相手になってくれてたもので……」

あの隠居は、気の弱い人間にはよくあるように、つい調子を合わせるところもあるのかもしれない。

「あんまりしつこくすると、脅しと思われても仕方ねえぜ」

「滅相もない。脅すようなことは一度だってしちゃいません。わかりました。なんとか自分の気持ちにふんぎりをつけてみます」

但馬屋がそう言ったので、二人もこれで引き返したのだった。


——うまくいった。

と、藤村も仁左衛門も思ったのである。実際、それから四日ほどは但馬屋は草楽のところに顔を見せなくなったのだった。

ところが、その次の日に、意外な展開があったのである。

初秋亭を訪ねてきた草楽さんは、

「じつはあの根付を、但馬屋さんに貸してしまったんです」

と、告げたのである。

「え、貸した？」

と、藤村は訊き返した。

「はい。ゆずってもらうのは諦めたと、言うじゃありませんか。あたしはよかったと思いました。すると、ゆずらなくてもいいから、貸してくれと言ったんです」

「貸せだと」

藤村は眉をひそめた。

「はい。十日ほど並べて眺めたら、満足するだろうからと。もちろん、借り賃は払う。一日一両、十日で十両。それできちんとお返ししますからと、そう言われたもので」

「貸してしまったのか……」

藤村は呆れた。

やはり、こういうことはしないほうがいい。変に未練が湧くこともあるし、どんな事故が起きないとも限らないのだ。

「まずかったですか」

「まずいよ」

「じつは……」

草楽はいったんは断わったが、婿の一人がつまらない借金をこさえ、その十両があれば助かるので、つい貸してしまったのだという。

「その十両はもうそろわないかい?」と、仁左衛門が訊いた。

「いや、大丈夫です。それくらいのへそくりは」

「だったら十両持って、いまから行こうぜ」と、藤村は言った。

「そうだ。すぐに返してもらったほうがよい」と、夏木も賛成した。

夏木を置いて、藤村と仁左衛門が草楽さんを連れて、ふたたび東平野町の但馬屋の隠居の別邸へと向かった。

ところが、遅かったのである。

但馬屋の隠居の家には、昨夜、泥棒が入って、収集した黄一の十二支根付が全部、奪われていた。もちろん、草楽さんの幸運の戌もいっしょに……。

三

泥棒騒ぎがわかったのは、今朝のことである。

この前の道を通った人が、手足を後ろに縛られ、猿ぐつわをされた但馬屋の隠居が、道にまで転がり出ているのを発見し、すぐに近くの番屋に届けた。

但馬屋の隠居が言うには、

「昨夜は使っている小娘を、蔵前の店のほうに行かせていたので、一人で早々と寝てしまいました。夜中に目を覚ましますと、人の影があるではありませんか。わたしが、泥棒と騒ぎ声をあげようとしますと、すぐに短刀を突きつけられ、猿ぐつわをされて縛られてしまいました。そいつは、わたしがいちばん大事にしていた黄一の十二支の根付をすべてかっさらい、消えて行ったのです」

と、こういうわけだった。

隠居は二階から、どうにか下までおり、外に転がり出ていた。

その二階を調べると、鍵つきの網戸の一部が破られていた。

いちおう、隠居の証言と、家の中で起きていたことに対する矛盾というのは、ないわけである。

それでも、藤村と仁左衛門、それに草楽が東平野町へとやって来ると、現場に立って、しきりと首をかしげている男がいた。相撲取りのような巨大な体軀、人を睨《ね》めつける嫌な視線……。

岡っ引きの鮫蔵《さめぞう》だった。

藤村たちが鮫蔵と会うのは、暮れ以来である。半月以上も、このいかにもあくどいつらを眺めることがなかった。

深川中の人間に嫌いな人の名前を訊いて歩くと、おそらく最高位の大関筆頭に座るだろうと言われている。じっさい、とある瓦版屋がやってみたところ、予想どおり鮫蔵が一位だったが、あとが怖くて売り出すのをやめたという噂もあった。

「よぉ、ずいぶん長いあいだ、見かけなかったな？」

「ええ。ちっと芝のほうに足を延ばしてたもんでね」

「深川の鮫が愛宕山に上ったりしちゃ、干上がっちまうぜ」

藤村の軽口にそっぽを向き、

「どうも、またげむげむが動き出したみたいでね」

「ほう」

げむげむというのは、鮫蔵が長年にわたって追いかけている謎の教団である。お釈迦さまを拝んでいるふりをしているが、本当に拝むのは、釈迦とはまるで関係がない、謎の神さまではないかとすら言われている。なぜなら、げむげむにかかると、親鸞も道元も日蓮もみんなぼろくそである。耶蘇《やそ》なのではないかと疑うむきもあったが、天主さまですらぼろくそに言っていたという話もあった。

まさに、邪教というべきもので、鮫蔵はこの教団の全貌を明らかにしようと、この数年、必死の探索をつづけてきている。

「おい、鮫蔵。まさか、この盗みも？」

「げむげむの仕業かって？　いや、これはちがうでしょう」

「だが、この盗みは臭《くせ》えよなあ」

「臭いですね。なんか茶番臭え」

「じつはな、鮫蔵……」

藤村は、黄一の根付についてのいきさつを語った。

「なるほど、そういうことがありましたか」

「こんな都合のいい話があるかね」

「まったくだ。だが、臭いのは感じるけど、これを茶番だとするのも難しいですぜ」

「但馬屋ってえのは、似たようなことをやってきたんじゃねえのか？」

「いや。それはないみたいですぜ。隠居する前の但馬屋についても調べさせたが、こんな手口はないどころか、商売の評判もけっして悪くねえ」

「やっぱりそうかい」

悪い評判は、藤村が現役のときも聞かなかったし、札差を利用することでは同心なんぞとは桁がちがう旗本の夏木も、但馬屋の悪評は聞いていなかった。もしも悪党なら、相当にしたたかなのだ。もっとも、したたかでない札差など、わんと吠える猫くらいにめずらしい存在なのかもしれないが。

「ところで、この始末はどうなるんだい、藤村さん？」

と、いままで藤村と鮫蔵のやりとりに耳を傾けていた仁左衛門が訊いた。

「決まってらぁな。但馬屋はこう言い出すのさ。盗まれたのだから、あの根付は山田屋さんには返しようがない。金で返すから、奉行所のほうで値段を決めてくれませんか。それで弁済しますと」

藤村がそう言うと、鮫蔵もうなずいた。

「もしも、あの盗みが狂言なら……」と、仁左衛門が言った。

「狂言に決まってらぁ」

「売らないと言っていたのを、無理やり買い取ることができたってわけだ。もともと、金ならいくらでも出すと言っていたんだからな」

「そういうこと」

藤村は、そう言って、煙草をスパスパと勢いよく吸った。


実際、藤村が予想したとおりになった。

奉行所のほうで、相場にいくらか色をつけ、百両と値をつけた。

但馬屋はその金をすぐに支払った。

結局、草楽さんこと山田屋の隠居は、百両で泣く泣く幸運の戌を失った。

「百両というのは大金でしょうが、あたしは別に欲しくない。それよりは、身辺におなじみのものがある安心感のほうがよっぽど大事なのに……」

そんなふうに言って、すっかり元気もなくしているという。

寝込むほどではないが、ぼんやりしてしまったとも聞く。

「そういうところから、いっきに老け込んだりするんだよな」

と、藤村も心配した。

この問題を早めに解決できなかった初秋亭の三人組としては、なんとなく後ろめたい日々がつづいたのであった。

それからしばらくして――。

仁左衛門は鉄砲洲の連二のところに遊びに来た。

「よく来てくれたな」

「昔話でもしようかと思ってさ」

大きな下駄屋である。間口は八間（およそ十五メートル）ほどもあろうか。軒先には、人の背丈ほどもある下駄のかたちをした看板が下がっている。それとは別に、頭上にも看板があり、〈喜連堂〉という屋号が掲げてあった。

このあいだ、連二が来て行ったあと、人に聞いたところでは、連二の店を今をときめく歌舞伎役者たちが大勢ひいきにしていて、その役者たちは「連二の下駄は道を歩くときのきれいな音でわかる」と、ほめそやしているという。

職人が下駄をつくっているそのわきに腰を下ろし、ああだったこうだったの昔話を始めた。また、昔の友だちというのは、いくらでも話があるような気がする。しかも、近頃のことは次から次に忘れていくのに、四十七年も前のことは、こまかいことまでどんどん思い出すのである。いったい人の頭はどうなっているのだと不思議なくらいである。

話がようやく一区切りついたところで、

「仁ちゃんは、煙草はやらないんだね？」と、連二が訊いた。

「いや、やめたんだよ。身体に悪いというんで」

「じゃあ、前で吸っちゃかわいそうだな」

「あ、気にしないで吸ってくんな」

連二はかたわらに置いた煙草入れを手にした。ふと見ると、たぬきの足の裏に「き」の字が見えた。黄一の根付を使っている。

「おや、それは？」

「ああ、これ」

「黄一だろ。いまや、一つ百両もしたりするぜ」

「あまり大っぴらにされると困るんだがね」

ふいに連二の顔が真剣になった。

「ああ、いいともさ」

「兄貴が黄一なんだよ」

「え、いちにいちゃんが、黄一だったのか」

　これには仁左衛門もびっくり仰天した。

「そうなんだよ。ほんとの字は喜一って書くんだがね」

「しかも、黄一は生きてたのかい？」

「ぴんぴんしてらぁ」

　仰天したけれど、だが、いちにいちゃんを思い出すと、黄一のあの遊び心はわかる気がする。あの凝り具合もわかる。子ども時代の遊びのときだって、ちょっとした工夫をするために何日も考え抜いたりしたものだった。

「頑固者のひねくれ者でね。自分のつくったものが変に高くなって気に入らねえとなったのさ」

「へえ。逆だね」

「兄貴に言わせると、喜んで使ってもらってこそ根付で、金儲けの投機の道具にされたら根付だって泣いちまうわさ、とこういうわけさ」

　まさに職人である。近頃ではどんどん数が少なくなりつつある、真の職人。もっとも、そんな職人を少なくしたのは、商人にも客にも責任がある。

「いま、どこにいるんだい？」

「その裏の小屋にいるよ。いまから案内するよ。この前、ちらっと仁ちゃんのことを話したら、会いたいって言ってたから」

「そりゃあ嬉しいな。いまは、何をしてるんだい？」

「根付をやめてからは、毎日、絵を描いてるよ。それも魚の絵ばっかりさ」

「あいかわらず、変わってるんだ。でも、いい絵なんだろうな」

「あんまり褒めちゃ駄目だぜ。また、やめちまうから」

褒められるとやめるというのが面白い。変人いちにいちゃんの面目躍如というところではないか。

「兄貴、ほれ、仁ちゃんだよ。この前、言っただろ」

小屋の外から声をかけると、

「おう、仁ちゃん。ほんとだ。じんじんじんの字だ」

と、飛び出してきた。当時もいちにいちゃんは、そう言って仁左衛門をからかった。

「そっちこそ、いちにいちゃんし、ごくろうさん」

と、お返しをした。

黄一は顔がまったく変わっていない。すこし垂《た》れた大きな目。横に広い口。いつもどこかに笑みが張り付いている。顔だけ見たら、頑固者の感じはまるでない。

「子どものときのまんまじゃないですか」

「好きなことしかやらないもの。子どもといっしょさ」

と、わきから連二が言った。

「仁ちゃんだって、そうは変わってないよ」

「とんでもない。よぼよぼの爺ぃです」

仁左衛門をよく覚えていた。

家主の倅のくせに、長屋の人間とも分け隔てなく遊んだというので、好意も持ってくれていた。

「まだ十にもなってないもの、家主風なんか吹かせるわけないじゃないですか」

「そんなことないよ。威張るやつってえのは、そのころから威張るんだから」

兄弟なりの鬱屈《うっくつ》があったのだろう。

「そんなことより、いちにいちゃん、自分の根付がどんなことになっているかは知ってるでしょ？」

「ああ」

「それで、この前、あっしの周囲でこんなことがあったんだよ」

仁左衛門は、但馬屋と草楽さんとの一件をくわしく語った。

「札差がか。まったくあいつらは」

と、黄一は吐き出すように言った。

「おれのつくるものの値を馬鹿みてえにつりあげたりしたのも、あいつらなんだよ。ふざけやがって、つくるそばから買い取って、ほんとに喜んで買ってくれる人のところには届かねえ。そんなもの、誰がつくるかってんだよ。そうか、戌の根付か。それはたぶん覚えているよ」

「そんなことまで覚えてるんだ？」

「犬はあまりつくらなかったんだ。全部で三つしかねえはずだよ。それは、どういうやつだった？」

尻尾を咥《くわ》えてぐるぐる回る犬の意匠《いしょう》を話した。

「ああ、あれか。ありゃ、失敗作だよ。あんなものに百両も出したのかい。馬鹿としか言いようがねえな」

と、いちにいちゃんは大笑いをしたものである。

四

夏木が朝、永代橋を渡ってきたとき、ちょうど安治と出会い、

「マダイのいいのが来ましたぜ」

と言われたという。それで、夕方、仁左衛門が遅れてやって来ると、さっそく海の牙に押しかけた。このところ、三人とも節制していて、酒もごぶさたしていたのだ。

マダイは潮汁《うしおじる》から始まり、これを鍋に入れて野菜を煮て食ってもうまい。刺身は身の締まり具合がこたえられず、仕上げは軽くよそった鯛飯になった。

舌鼓を打ちながら、仁左衛門は黄一の話をした。大っぴらにされると困ると言ったが、別に秘密にしているわけではないという。ただ、つくらないと言っているのに、しつこくやってくる金持ちが嫌なのだそうだ。幸い、初秋亭の仲間に、そういうやつはいない。

「ほう、それは面白いな。失敗作に百両というのは笑ってしまうな」

と、夏木が笑った。このところは、一合でも充分に機嫌がよくなる。むしろ、すこしの酒でやめたほうが、気持ちもいいらしい。

「なんとか引っかけられねえかな、あの但馬屋を」

と、仁左衛門が言った。

「そうだ。但馬屋はまちがいなく、黄一の戌をねこばばしてるぞ」

藤村は確信しているらしい。

途中から聞いていたこの店のあるじの安治が、

「高いものを好きな人ってえのは、江戸には多いよ。魚だって旬《しゅん》の安いやつがいちばんうまいのに、わざわざ高いものを食いたがる」と、言った。

「そういや、初がつおなんてえのは、その代表だな」

夏木がそう言うと、

「ああ。でも、あれは縁起物だし、江戸っ子の心意気だし」

安治にとっては、初がつおは無駄なかかりではないらしい。

「ふむふむ。できるかもしれねえぞ」と、仁左衛門は考えこみ、「収集癖のあるやつが集まって、見せ合ったり、交換したりする会があるんだよ」などとつぶやいていたが、

「そうだ、この手がある」

と、手を叩いた。

「どんな手だ？」

藤村が訊いた。

「その会に、黄一の新作を出すのさ。黄一が生きていたということだけでも、みんなはびっくりするだろうな。しかも、いま、黄一は若いころにつくったもののいくつかを失敗作として、たいへんに恥じているというのだ」

「なるほど。それで、昔の失敗作である戌の根付と交換したいというんだな」

夏木が大きくうなずいた。

だが、藤村が難しい顔をした。

「でもよぉ、仁左。そのためには、黄一の新作がなければならないんだろ」

「そうなんだよ、藤村さん、それが問題なのさ」


翌日——。

仁左衛門は再び、鉄砲洲の黄一の小屋を訪ねた。

この前は立ち話だけで終わったので、中には入らなかったが、なかなかしっかりしたつくりになっている。八畳一間だが、立派な柱や梁を使っていて、小屋というよりどこか茶室のおもむきもある。壁一面には、黄一の描いた魚の絵が飾ってある。魚なのに、どれも表情を感じさせる不思議な絵だった。

黄一はここで気ままな一人住まいをしている。連二のほうは家族もいて、孫も外孫を入れたら七人ほどいるらしいが、黄一のほうはずっと独り身だったそうだ。

「じつはさ、いちにいちゃん。根付を一つ、つくってもらいたいんだよ」

と、仁左衛門が頼むと、

「ああ、駄目だ。それはいくら仁ちゃんの頼みとはいえ、きくわけにはいかないな。おいら、もう、根付はつくらねえと決めたんだから」

黄一は強く首を横に振った。こういうときは恐ろしく頑固そうで、櫛職人だったおやじさんを彷彿《ほうふつ》とさせた。

「でもね、その根付は売り物にするんじゃねえんだ。終わったらまた、いちにいちゃんにもどすんだよ。じつはさ……」

と、昨日練り上げた計画を話した。

「ふむふむ。ほほう」

黄一は途中から面白そうに聞いてくれた。

「なるほど、仁ちゃん、よく考えたじゃねえか。いま、その但馬屋ってえ男が持ってる戌の根付をいらねえと思うような根付をつくればいいんだな。そりゃあ面白いや。やらせてもらうぜ」

黄一は引き受けてくれたのである。

頑固者だが、意気に感ずるというのは大好きなのだ。

これを夏木と藤村に話すと、

「黄一ってえのは、いい性格をしてるねえ」

「職人の中の職人じゃな」

と、しきりに褒めてくれた。

しかも、三日後に霊岸島まで持ってきてくれた戌の根付の出来の素晴らしいこと。母犬のおっぱいに四匹の仔犬が吸い付いているのだが、よく見ると、そのうちの一匹は犬ではなく、猫なのである。それでも母犬は、「いいよ、いいよ」とでもいうように、仔猫をやさしい目で見ているのだ。

その母犬のやさしい眼差し。猫に気づいた隣りの仔犬の、おやというかわいい顔。まさに黄一の世界、微笑ましくも機知に富んだ黄一の根付だった。

夏木と藤村もこれを一目見て、

「ほおお」

と、目を瞠《みは》り、

「黄一には悪いが、百両出してもこれを欲しがる気持ちはわかるのう」

「ああ。これを見せてやれば、よほど危ない橋を渡ってでも、収集癖のあるやつは食いついてくるぜ」

「でも、それを誰がやるんだ？　仁左がやっても怪しまれるぞ」

「そうだ。夏木さんところの洋蔵《ようぞう》さんにやってもらおう。どうだい？」

「おお、使ってやってくれ。あいつもそういうところで、顔が広くなるだろうし」

と、夏木はすぐに洋蔵に声をかけてくれた。

洋蔵というのは夏木の三男坊で、一時期は三男坊にはおなじみの将来が見えないという悩みのために荒れ狂ったりしていたが、このところはすっかり大人っぽく落ち着いてきている。この洋蔵は、骨董を趣味にしている。いや、趣味というより、そっちの知識を生かして、商売にしようとさえしている。夏木もまた、洋蔵が自分の道を見つけたことを、武士うんぬんを言わずに、素直に喜んでいた。

じっさい、洋蔵は老舗の骨董屋でさえ舌を巻くほどの目利きで、近頃はそちらの勉学のため、京に行くことを計画しているという。黄一はまだ生きているのだから、作品を骨董扱いするのはかわいそうだが、そのすぐれた作品はもはや古典の風格さえ漂わせているくらいなのだ。

何も教えずに黄一の根付を見せると、

「これは黄一の根付じゃないですか」

と、見破り、

「わたしは黄一という人は、根付職人というよりいまの世を代表するような仏師なんだと見ています」

と、感激して言ったのだった。

およそ十日後——。

夏木洋蔵が、この黄一の戌の根付を収集狂の会で披露した。そして、生きている黄一が、過去の失敗作を悔いてうんぬんと、仁左衛門がこしらえた話をした。この新作は、たちまち収集狂たちの垂涎《すいぜん》の的になった。

たとえ但馬屋がこの会に来ていなくても、噂は伝わるだろうと思っていた。これを自分のものにするのには、黄一の戌の根付を持っていなければならない。そして、但馬屋はそれを持っているのだ。

だが、但馬屋はこの会に来ていた。

集めるのはこれっきりにするどころではない。ますます欲の皮を突っ張らかせた目つきになっている。

そして、食い入るように、黄一の新作を見つめていた。

その日から、鉄砲洲の黄一の家には、鮫蔵かその手下が張り込むことになっていた。

だが、待つ必要はまったくなかった。

翌朝――。

深川の鮫が霊岸島を抜けて鉄砲洲までやって来るとすぐ、但馬屋が東平野町から息を切らしてやって来たのである。

「黄一さん。あの新作と、これを……」

鮫蔵がその肩に手をかけた。

「おい、但馬屋。これは盗人に盗られたんじゃなかったのか？」

「あ、鮫……」

「おめえは奉行所までたばかってくれたんだぜ。ただじゃすまねえことは、わかってんだろうな」

鮫蔵が磨いたこともないのに真っ白な歯をちかりとさせると、

「ひっ……」

但馬屋は腰を抜かした。

七福仁左衛門は、かつての本店からはすこし離れたところにある箱崎町の小さな店のほうに来ていた。

いままでここにいた老夫婦は、ちょうどやめたいと言っていたこともあり、過分の退職金を払って隠居させた。

七福堂はここから再出発するつもりである。

まずは、もう一度、七福堂の品に信用を取り戻す。

最初の商品はすべて仁左衛門がそろえた。ただし、仁左衛門が店を運営するつもりはない。引きつづき、鯉右衛門にやらせるつもりである。鯉右衛門とおちさの夫婦に。

それでもしくじったなら、それはそれで仕方がないのかもしれない。

仁左衛門は、再出発するこの店の天井の梁に、小さな神棚を新しくつくった。

ご神体は、黄一の戌の根付である。

あの母犬の根付を、

「これは仁ちゃんにやるよ」

と、黄一が握らしてくれたのである。

「とんでもねえ、こんな百両以上もするものをもらうわけにはいかねえよ」

と、仁左衛門は拒んだものである。

「馬鹿だな。売り物にするからそんな馬鹿みたいな値段になるんで、仁ちゃんはそんなことはしねえだろ」

「当たり前だよ」

とはいえ、煙草はやめたから、あまり使い道もない。

「だったら、取っとけって。うちの連二にあそこの家作を売ってくれたんだ。こういうときは、知り合いになんざ売りたくねえってやつだっていっぱいいるのに、仁ちゃんは売ってくれた。おいら、仁ちゃんはあいかわらずいいやつだなあって思ったよ」

「そんなことあるもんか。あっしは爺ぃになって、身体だけじゃなく、心もほうぼうが腐ってきて、自分でも嫌になることばっかりだよ。いちにいちゃんみてえな顔の持ち主には、なりたくてもなれねえよ」

「おい、もらっとけ。これは、いちにいちゃんから、じんじんじんの字へあげるんだ。ほんとに幸運の戌になるかもしれねえぞ」

もう一度、ぎゅっと握らせてくれたのである。

だから、新生七福堂の神棚には、小さな幸運の戌が宿っている。

第三話　水景の罠

一

うららかな陽が差している。

昨日から二月に入った。梅もすっかり咲き誇り、姿は見えないのに、香りが流れてくることがある。

この冬は雪が少なかった。積もることはほとんどなかった。

――おかげで雪の句がつくれなかった……。

なんだか、損をしたような気分である。

そんなことを思いながら藤村慎三郎は永代橋を渡って、深川熊井町にある初秋亭にやって来た。蛎殻《かきがら》でふいた屋根もちらほらまじり、堂々たる町並の日本橋界隈などに比べたら、カビでも生えたようにほの白く安っぽい。ここらは漁師の家も多く、家の前に干された網から、潮の匂いがしていた。

このところ、初秋亭には毎日の出勤である。奉行所勤めのころは、もっと休んでいたような気がする。

――ん？

隣りの番屋の前で、見習い同心をしている倅の康四郎が、立ち話をしていた。そのわきには下っ引きの長助もいる。どうやら二人で、若い男を冷たくあしらっているらしい。

「そんなことまで奉行所が関わっていたら、人手がいくらあっても足りねえよ」

と、康四郎が言っている。

「でも、ほんとに怪しいんですよ」

「ちっと怪しいやつを捕まえてたら、江戸の人間の半分は小伝馬町の牢屋敷に入ってなくちゃならねえよ」

「何かあるんです」

「だから、それがわかったら、言って来なって」

「あたしじゃ調べようがありませんよ」

「だったら頭を使うこった。暇なんだろ。じっくり考えろよ。じゃあな」

若い男の肩を押して河口のほうへ追い払った。

「おい、康四郎」

番屋の中に引っこもうとしている康四郎に、藤村は声をかけた。

「あ、父上」

「お前もずいぶん偉くなったもんだな」

すぐに、いまの応対のことだとわかったらしく、

「あいつがあんまりくだらないことを言うものですから」

と、気まずそうに言った。

「何があったか知らねえが、そういうときは、隣りに回してくれたらいいじゃねえか」

と、藤村は文句をつけた。初秋亭では、くだらぬよろず相談ごとも受け付けているのだ。

「ううん、それは……」

「なんでえ」

「番屋の隣りでこづかい稼ぎはやめてもらいたいんですがね」

と、康四郎は生意気な口ぶりで言った。

「こづかい稼ぎだと？」

これにはむっときた。金を払うというなら受け取るが、過分な礼はもらわぬし、一文にもならない仕事だって、いくらもやってきている。初秋亭のよろず相談は、けっして金だけが目当てではない。世のため、人のため、自分たちがこれまで学んだことを無理せずに役立てていこうというものなのだ。

「まあまあ、こんなところで親子喧嘩ってえのも……」

と、いつも康四郎と組んでいる長助が割って入った。

たしかに大人げない。

切り上げて、むっとしながら初秋亭に入った。

「よう、今日はご機嫌斜めというところか？」

藤村の顔を見て、すぐに夏木が訊いた。

「いま、そこで康四郎とやり合ってね」

「ほう」

「若い男に冷たくしてたもんだから、なんだか知らないがこっちに回せと言ったら、番屋の隣りでこづかい稼ぎはやめてくれときた」

「康四郎さんにしたら、きまりが悪いのかね」

「冗談じゃねえ。あんな半人前がうろうろしてると、こっちのほうがきまりが悪い。

あいつはね、八つ当たりなんだよ。ま、理由は想像がつくんだが」

おそらく、かな女とうまくいってないのだ。そうに決まっている。だいたい本当にどうにかなっているというのも怪しい。この前の句会で聞いたことは、根拠のない噂話かもしれない。

ひとしきり夏木と話すうち、だいぶ気もまぎれてきた。

「今日も仁左は忙しいのかな」
二、三日ほど顔を見ていない。
「だろうな。商品をそろえるのに、ひさしく会わなかったなじみの職人たちを訪ね歩いていると言っていたからな」

「どうだ、夏木さん。たまには外で発句でもひねろうか。陽気もいいことだし」

「そうだな。外で、そばでも食うか」

初秋亭を出て、大川の河口に向かって歩いた。

夏木の足取りはずいぶんしっかりしてきた。また、夏木は一歩ずつ、足を鍛錬するように、ぐっぐっと踏みしめるようにしながら歩いている。こういう歩きかたをつづければ、健常な者でさえ、ずいぶん足が丈夫になるはずである。

一町ほど行ったとき――。

さっきの若い男が、ぼんやり立っていた。

「あの男……」

「知ってる男か？」

「さっき康四郎が冷たくあしらった男だよ」

紬《つむぎ》の縦縞の着物に、高そうな黒い羽織を着た、気弱そうな若者である。たいがい大店《おおだな》の若旦那だろう。

横に並び、声をかけた。

「よう。お前さんはさっき番屋で何か相談しようとしていたよな」

「あ、はい」

「なんなら相談に乗るぜ」

「え？」

と、怪訝《けげん》そうな顔をしている。

「番屋の隣りでよろず相談ごとをしてるのさ。さっき、あんたに冷たくしてたのは、おいらの倅だ」

「そうだったんですか」

「悩みごとがあるんだろ」

「悩みごとというものではないんですが、じつは……」

と、語りだしたのは、藤村や夏木には想像もできないような、不思議な自慢話だった。なんと、この若者は、

「あたしは、江戸中の水茶屋を知っているのですが……」

と、豪語したのである。

「そのあたしが、どうしても首をかしげる水茶屋が、深川にあるんです」

「なんで、首をかしげるんでえ？」

「そこは、すごく流行《はや》る水茶屋なんですが、なんで流行ってるのか、さっぱりわからないんですよ」

「ふうん」

夏木の顔を見ると、奇妙なものを見るときの顔をしている。水茶屋がなんで流行るかわからないと言っているが、そんなことを不思議がる、こいつの気持ちのほうがわからない。そういう思いなのだろう。

「水茶屋というのは、たいがい看板娘を置いてますよね」

「まあな」

「でも、そこは婆さんが三人でやっている店なんです。たとえ、婆さんでも上品な、

話の上手な人だったりすれば、茶飲み友だちを求める爺さんのあいだで流行るということもありうるかもしれません。でも、その婆さんたちときたら、器量が悪いどころか、品も悪いし、色気もへったくれもないんです」

首をかしげながら言った。

「そんなに繁盛してるのかい？」

「ええ。開店したのは、半月ほど前ですが、すぐに流行りだして、その後はいつ行っても満員ですよ。最初の開店景気かとも思ったのですが、客足はまだ落ちません」

「じゃあ、よっぽどうまいお茶を飲ませるのではないか？」

と、夏木が訊いた。だんだん興味がわいてきたらしい。

「全然。むしろ、まずいお茶です」

「では、景色がよいのではないか？」

また夏木が訊いた。

藤村もそれだろうと思ってうなずいた。初秋亭の景色に自分たちが惚れ込んだように、大川の河口の景色が人を惹きつけているのかもしれない。

「たしかに景色はいいです。でも、漁師町の突端ですから、あまり風流な感じはしません。物見遊山に来るような人たちも皆無です」

若者は自信たっぷりに否定した。

「だったら、客に訊けば簡単だろうが。ここには何がよくて来るんですかって？」

「訊きました」

「なんて言った？」

「いいだろう、別にって」

この答えに、藤村も夏木も笑った。たしかに、なんでここに来てるのかと見知らぬやつに訊かれたら、そう答えるのが普通かもしれない。

「でも、あそこはやはり、おかしいんですよ。何かあるんです。あたしなんかいくら訊いても、わかるわけがない。向こうも真面目に答えないんですから。だったら、町方のお役人に頼んで調べてもらおうと、あそこの番屋に行ったんです。相手にしてくれませんでしたが」

「そういうことかい」

と、藤村は言った。この話なら、康四郎の冷たい態度も仕方ないかもしれない。

だが、この若者が言うように、たしかに妙な感じもある。

「とりあえず、わしらも行ってみればいいではないか」と、夏木が言った。

「そうだな」と、藤村もうなずいた。

「ありがとうございます」

若者は嬉しそうな顔をした。

ここからはもう、目と鼻の先である。

「そこです」

と、若者が指差したのは、変哲もない水茶屋である。

よしず張りの小屋掛けで、水茶屋おなじみのつくりである。縁台のような五人ほどが座れる腰掛が、水辺を向いて、四つ並んでいる。看板も出ていないところを見ると、名もないただの水茶屋らしい。

そこにはもう、十四、五人ほどの客がいる。

なかには二人分使って座るような行儀の悪い客もいるから、新しい客が座る余地もない。

どうにか無理を言って、藤村たちの三人分をあけてもらった。なんか、客なのに肩身が狭い気がするのだから馬鹿馬鹿しい。

一人五文を払って、茶を出してもらう。

ほんとに水っぽい、まずいお茶である。お茶の葉ではなく、そこらの草っ葉を煮出したのではないか。

景色も見てみる。

初秋亭から見えるものと、そう変わりはない。越中島の大名屋敷の庭の緑が真ん前に見え、あとは大川の河口が広がっている。

ただ、若者がさっき言ったように、漁師町の突端なので、網が干してあったり、壊れた船がうっちゃってあったり、風景の邪魔をするものも少なくない。そのため、わざわざここで景色を眺めようという気にはなれないだろう。

だが、客はちゃんといて、その景色のほうに向いて座っている。

「ほんとに流行っているな」

と、藤村は小声で言った。

「そうでしょう」

若者は嬉しそうに言った。

だが、これがそれほど疑問に思うようなことなのか？

それを言うと、

「そうか、うんうん、ほかと比べないとわからないかもしれませんね」

と、若者はうなずきながら言った。

それでは、ほかの水茶屋と比べてみようと、案内してもらうことにした。

道々、この若者の素性を訊いた。

「うちは、日本橋通四丁目できせる屋をしております。〈まこと堂〉という店ですが」

「大きな店じゃねえか」

と、藤村は呆れた。

「あ、ご存知でした？」

「そこの跡取り息子かい？」

「いちおう倅はあたしだけですが」

「そうか。あんな大きな店の若旦那かい。でも、その若旦那が、ふらふら水茶屋回りばかりしていていいのかい？」

「いいんですよ。どうせ、あたしなんか、余計な口をはさめば、みんなが迷惑する。ふらふらしているくらいが、手代たちも楽ってなもんで」

悲しそうな顔になった。

若旦那だって、そう楽でもなければ、いい若い者が暇でしょうがないのも、幸せいっぱいというわけでもないのだろう。

まずは、永代寺の門前に着いた。

「ここはたくさんありますよ」

「ほんとだ」

いままでどこにしようとか考えたことがなかったが、あらためて見ると、ずいぶんたくさんの水茶屋があるものである。

「じゃあ、ここでいちばんかわいい子のいる〈丸久《まるきゅう》〉に入りましょう」

若旦那に言われるがまま、そこに座った。

「ほら、あれが深川の水茶屋ではいちばんかわいいおなみちゃんです」

若旦那が顎でしゃくった先に娘がぼんやり立っている。

たしかに器量はいいが、別に茶を運んで来るでもない。ただ、顔をさらしているだけである。

「働かぬのか？」と、夏木が訊いた。

「あれが働きなんです。あの器量がこの店の看板なんですから」

たしかに看板と化している。

全員とは言わぬまでも、大方はあのおなみちゃんの器量を見に来ているらしい。

ただ、お茶はちゃんとお茶の味がする。

「お客の数をかぞえてください」

若旦那に言われ、かぞえてみると、自分たちをのぞくと八人だけである。さっきの水茶屋は十四、五人はいた。

江戸指折りの名所に、あれだけの器量よしを置いてすら、この数である。

「あたしが不思議がるのはおわかりいただけました？」

藤村はうなずきかけたが、

「念のため、もう一つ行ってみよう」

と、夏木に言われて立ち上がった。

夏木の足が心配になったが、大丈夫だという。暮れに、夏木の屋敷から初秋亭まで来たときのことを思い出すと、ずいぶん歩くのが速くなっている。左足でもすこし踏ん張れるようになってきたためらしい。

次は永代寺からすこし東に行った三十三間堂の前に来た。ここにもいくつか水茶屋が出ているが、そのうちの〈緋扇屋《ひおうぎや》〉に入った。

「ここの看板娘はあのおみつちゃんです」

若旦那がそっと指差したのは、愛くるしい感じの娘である。

さっきのおなみちゃんは、やけにつんとすましていたが、こちらはやたらと愛想がよく、お茶もちゃんと自分で持って来る。

「あら、若旦那。いらっしゃい。ねえ、最近出た円亭忠々《えんていちゅうちゅう》の『おためごかし』って読んだ？　すっごい面白い。読んで。三十回は笑えるから」

「ああ。ぜひ、読むよ」

若旦那はそう答えて、頬を染め、にんまりしてしまった。

「でしょ。おみつちゃんは、そこがいいんです」

「気さくだな」

なるほど、器量だけでなく、性格もさまざまらしい。

だが、さっきの娘もそうだったが、こっちのおみつちゃんも手ぬぐいを肩にかけ、前垂れをしている。

それを若旦那に言うと、

「あれが水茶屋の看板娘であることを示しているんです」

「へえ。面白いもんだな」

「面白いですよ。あたしは一日に七、八軒は行きますから」

江戸中の水茶屋を知っていると豪語するのは、まんざら嘘ではないらしい。

「でも、そんなことをしてるんだったら、吉原に行ったほうが手っ取り早いんじゃねえのかい？　若旦那なら、金にも不自由しないんだから」

「あたしは吉原には行きませんよ。あそこの女は怖いじゃないですか。玄人《くろうと》ですよ。水茶屋の娘は素人《しろうと》で、友だちにもなれますし」

と、むきになって言った。

「友だちか。なるほど」

と、夏木が理解を示したが、

「ああいう娘とねんごろになれることなんてあるのかい？」

と、藤村は訊いた。

「それは腕次第ですよ」

と、若旦那は胸を張った。

「若旦那は？」

「そりゃあ、まあ、たまには」

最後はもごもごとなったところを見ると、そういうことは一度もなさそうだった。

この日はふたたび初秋亭にもどり、夕方まで景色を見ながら句をひねったり、筋のばしをしたりして、藤村も夏木といっしょに早めに帰ることにした。

家に着いたのは、ちょうど暮れ六つ時（午後六時ごろ）である。こんなに早く帰ったのもひさしぶりではないか。

家はしんとしている。

「おらぬのか？」

もしかしたら、倒れていることだってないとは言えない。明かりをつけたが、やはり加代《かよ》はいない。どうせまた、香道《こうどう》の教授に出かけているのだろう。

飯を一人でつくって食うことにする。

おひつをのぞくと、朝、炊いた飯がずいぶん残っている。

だが、菜《さい》はたくあんと梅干しかない。これではちと味気ない。

初秋亭で飯をつくっているから、藤村は台所のことをするのは苦にならない。だが、何かないかと探しても、味噌くらいしか見当たらない。

しょうがないので、たくあんの味噌汁をつくってみた。

変な臭いがして恐ろしくまずいが、仕方なく食った。

夜の書見《しょけん》は目が疲れるので、藤村は早々と横になった。

二軒隣りの家から、小さな子どものはしゃぐ声や、大人たちの笑い声が聞こえてくる。藤村と同年代の南町奉行所に行っていた同心の家である。そこは倅が早々と跡を継ぎ、孫も三人ほど生まれている。

ほかに、同じ八丁堀にやった娘二人も、始終、孫を連れてきている。

いつも賑やかなのだ。

加代が羨ましいと言ったことがある。香道など教えるより、女は孫の相手をしているほうが幸せなのだと。言外には、うちが康四郎一人しか子どもがおらず、その康四郎も嫁を取らないのは、お前さまのせいなのだという非難を感じた。

女は勝手なことばかり言うと、藤村は思う。少なくとも自分は孫の相手などするよりも、いまの暮らしのほうがはるかに充実している。だが、それは加代の幸せを奪うことになるのか。香道は寂しさをまぎらわすために、仕方なくやっているのか。それはちがうのではないか……。

康四郎も遅い。奉行所の見習い同心などはずいぶん早く終わる。いまはたいした事件も抱えていないはずだし、ましてや北町は非番だから、仕事ではなく、酒でも飲みに行っているのだろう。あるいは女のところにでも……。

すると、玄関のあたりで声がした。

「長助、寄っていけよ」

「いや、もういいですって」

酒を飲んで、長助といっしょに帰ってきたらしい。

康四郎は酒が弱い。すぐにだらしなく酔う。

「家に酒があるからさ」

「康さんも明日早いんだから、寝たほうがいいって」

「なんだよ。冷てえなあ」

「じゃあ、おやすみなさい」

玄関に康四郎を置いて、長助は帰って行った。

康四郎はひとしきり、大声で端唄なんぞをうなっていたが、のそのそ自分の部屋に入り、ふとんを敷いてひっくり返ったらしい。

——ほんとにこんなやつとかな女ができているのか。

藤村は信じられない。もっとも、かな女の前の男も、駄目な役者だった。あの女は、そういう駄目な男に惹かれるたちなのかもしれない。

だが、それはわからぬでもない。人にはどこか弱い部分があって、そこを埋めてくれるのは高潔な心でも、けなげな情けでもない。やはり、もろくて弱い人間の駄目さ加減だったりする。それでけっして幸せにはなれなくても。

人の難しさは、五十数年も生きてきた藤村が実感することだった。

康四郎がもどってから四半刻（およそ三十分）ほどして、加代が帰ってきた。家に入っただけで、お香の匂いがしてくる。あの匂いをぷんぷんさせながら、道を歩いてきたのか。すれ違った人はなんだと思っただろう。

「康四郎？　夕飯は？」

康四郎にだけ声をかける。

「いや、いりません。酒も飲んだし、茶漬けも食ったし」

酔いの醒めていない声がした。

藤村は、康四郎は叱られないのかと思いながら、眠りに落ちた。

二

七福鯉右衛門とおちさは、仁左衛門の長屋を出て、小さな七福堂の二階に移った。

二階といっても、屋根裏部屋のようなもので、四畳半一間きりしかない。

だが、そこに住めば、夜遅くまで店を開けておくことができる。

前の道は木戸がなく、夜遅くなった酔客などが、こっちを回って帰って行ったりする。そんなお客を、すこしでもつかまえられるだろうと、鯉右衛門だかおちさだかが決めたらしかった。

そこへ、おさとがようす見舞いに行った。

「へえ、あたしでも買いたくなるのが多いねえ」

と、上がりがまちに腰を下ろし、大きなお腹をさすりながらおさとは言った。箱の中に見ばえよく並べられた商品は、笄《こうがい》、簪《かんざし》、櫛、元結、白粉、紅、紙入、煙草入れ、根付などである。

「それはおとうさまが揃えてくれた品物だもの」

おちさが店の前に立ったまま言った。

「ううん。それだけじゃなくて、並べかたも上手だよ。それは誰が？」

「ああ。いちおうあたしがいじってみたのよ」

「うまいよ、おちささん。店に入ったときの感じが明るいし、奥にはいかにも凝ったものが置いてあるし」

たしかに色とりどりといったふうに考えて並べられている。

「そうかしら」

「おちささん。けっこう商売うまいんじゃないの？」

「やぁね、おさとさん」

おちさも褒められて、目を細めて笑った。以前の気取ったような笑いかたとはずいぶんちがう。むしろ、こっちが地に近いのではないか。

そんな話をしてるとき、

「あ、いたたた……」

「どうしたの、おさとさん?」

「お腹が……」

と、言ったとき、おさとの足首のところを血が一筋流れた。顔色はたちまち青ざめ、額に脂汗が浮いた。

「あ、いけない」

おさとはお腹の子どもを落ちつかせようとするかのように、ゆっくり着物の上から腹を撫ぜた。

「どうしたらいい、おさとさん? もう生まれるの?」

おちさは子どもを産んだ経験がないからわからない。

「まだだと思う。あとひと月以上あるはずだから」

「あんた。早く、寿庵先生を呼んで来て」

また鯉右衛門が走らされる。

寿庵が駆けつけ、急いで手当をおこなった結果、どうにか流産はまぬがれたようだった。

夏木権之助は、初秋亭に置いてあった鏡の前で、一人でにやにや笑っていた。まだ藤村も仁左衛門も来ていない。

笑っているのは面白いことがあったからではない。昨日、屋敷のほうでおこなわれた寿庵の診療が終わったあと、

「これからの人生は、怒ったり、気に病んだりするのはよくない」

と、言われたのである。

「怒らず、気にせず、よく笑うというのを心がけるのさ」と。

「だが、人生なかなかそうもいくまい」

と、言ってみたが、

「そこは夏木さまの心の力で」

そう言われたら、やるしかない。

「まずは、笑う稽古をするとよろしいですぞ」

「阿呆のようだな」

「阿呆のようではいけませぬか」

いけなくはないかもしれない。もはや隠居の身である。阿呆に見えても、家督をゆずった倅にたいした迷惑もかからないだろう。

そんなことで、初秋亭に来るとさっそく、鏡に向かって笑う稽古を始めたのである。

だが、やはり一人で笑っているのは、阿呆を通り越して、危ない感じがする。

——そうだ。昨日の水茶屋に行ってみるか。

そう思い立った。

ああいうところは、一人でぼんやりしていると、またちがうものが見えてきたりするのである。若旦那や藤村が見えなかった秘密が、ふとのぞけたりするかもしれない。

矢立と句帖を持ち、短めの刀を一本差し、すっかり使い込んできた杖をつきながら出かけてみた。

この日も朝から混んでいる。

朝から混む水茶屋というのもめずらしいのだと、若旦那が帰りぎわに言っていた。たしかにそうかもしれない。

「あら、いらっしゃい」

婆さんの一人が声をかけてきた。

「昨日も来てたでしょ」

ぼんやりしているようでも、ちゃんと客の顔は見ていたらしい。

「おう。すぐそこに隠れ家みたいな家があってな」

「おや、まあ」

婆さんが嬉しそうに笑った。前歯がほとんど抜けて、上と下に二本ずつ見えるくらいである。

話していると、あと二人の婆さんも来た。

「ずるいよ、おしげ。一人だけいい男としゃべって」

三人並んでもあまり区別がつかないが、残っている前歯の数と位置はそれぞれちがう。それで区別するのがいちばんわかりやすいかもしれない。

「よう。そんなことを言われるのはひさしぶりだなあ。近頃、どこへ行っても爺ぃ扱いでなあ」

「旦那は若いよ。それにいい男ってえのは歳を取らないよ」

「そりゃ、お互いさまだな」

夏木が世辞を言うと、婆さんたちはきゃあきゃあ言って喜びはじめる。

夏木は笑顔を心がけている。これもいいのかもしれない。

「隠れ家なんかつくっちゃって、若い娘でも囲ってんのかい？」

「そんなものいやしないさ」

「今度、遊びに行っちゃおうかねえ」

「おかね、あんた抜け駆けは駄目だよ」

「おしまだって、この前、したじゃないか」

「何年前だい。もう二十年近く前のことだろうが」

どうやら、おしげ、おかね、おしまの三姉妹らしい。顔もよく似ている。ただ、前歯の数はちがっても歳の順番はよくわからない。歯が多いほど若いというのでもないだろう。ただ、三人とも六十を超えているのはまちがいないはずである。

「ちっと足が悪いかい？」

と、訊かれた。婆さんたちは遠慮がない。

「ああ。去年の夏に倒れてな」

「そうなの。でも、いいよ。そうやって歩けるんだもの。あたしの亭主なんざ、そのまま逝《い》っちまったよ」

と、おしげだかが言うと、

「いい男は、ちっと足を引くくらいがいいのさ」

おかねだかが言って、また三人で笑った。

婆さんたちの色目攻勢がすさまじい。夏木の笑顔がこれをぐっと受け止める。

よく、「婆さんの色目は気味が悪い」などと悪口を言う男がいるが、夏木は別段、そんなことはない。それはもちろん、実際にどうこうということになれば、虫唾《むしず》が走るような思いになるだろうが、別に色目を使われるくらいはどうということはない。

そこらは若いころから、いい男などと言われつづけて、すこし鈍くなっているのかもしれない。

「あ、来た、来た」

婆さんが川のほうを見て言った。

船が一艘、やって来て、下の河岸につながれた。棒っ杭に輪にした綱をかけるだけである。

四人の男が上がってきて、腰掛に座った。

夏木は何食わぬ顔で、河口を見ながら、句帖に句を書きつけている。

春の海老婆の笑う声したり

座ったばかりの四人の男を見て、ふと思った。

——やけに腕が太い。

それから、周りの男たちを見て、さらに思った。

——皆、太い。

男たちは一人残らず、凄い腕をしているのだ。剣術できたえた腕ではない。力仕事で、それも腕をとくに使う仕事ではないか。

——左官か、大工か？

夏木は、若旦那の謎はこのあたりに関わるのではないかという気がした。

三

藤村慎三郎は、夏木からあの水茶屋の客たちが異様に腕が太いということを聞いた。しかも、皆、日焼けして真っ黒だと。

「船頭かな」

と、夏木は言ったが、船頭が昼《ひる》の日中《ひなか》にああして水茶屋で油を売っているものか疑問である。

「おいらがつけてみるよ。店を閉めたあと、どこに行くのか」

「うむ。気をつけてな」

と、言ったあと、

「わしはこれだから役に立たないが、仁左を呼んでおこうか」

「いや、大丈夫さ。あとをつけるだけで、何もしやしねえ」

夕方、あの水茶屋のほうに行った。暮れ六つ前には、店じまいが始まっている。

どうも、あそこの客はいつも同じらしい。十五、六人が毎日、あそこに来て、だらだらと暇をつぶしているのだろうか。

婆さんたちは、巽《たつみ》橋を渡り、北側の中島町のほうに入っていく。だが、男たちはそれぞれが水茶屋に置いてあったのか櫂《かい》を一つずつ摑み、河岸につけてあった一艘の船に乗り込んだ。

猪牙《ちょき》舟よりは二まわりほど大きな船である。

その船は、沖に向かって出ていった。

藤村はこの近くに、釣り船を貸してくれる男がいたのを思い出した。河岸のわきの小屋に住んでいる。

「よう。ちっと夜釣りに出たいんだが、舟、貸してくれ」

「こんな夜に？」

「闇夜にまぎれて大物を狙うのさ」

「気をつけてくださいよ」

舟を借り、沖に出た。まだ新月から五日しか経っておらず、月は細い。それでも、慣れてくればぼんやりと見えてくる。

――どこに行った？

藤村は目を凝らした。波もほとんどなく、かすかな反射光だけが広がる海面は、焦点を合わせようがなくて浮かぶものを見つけにくい。すると――。

船の姿より、先に声がした。

「おいっちに、おいっちに」

掛け声である。

「ほら、右に寄ったぞ」

「おいっちに、おいっちに」

おそらく水茶屋の連中だろう。だが、何をしているのか。

藤村はどんどん舟を沖に持っていく。

ようやく船の影が見えてきた。
十五、六人がずらりと並び、それぞれが櫂を手にして船を漕いでいる。力を合わせているから、怖ろしい速度が出ている。水の上を、滑るように船が走っている。
これほど速く走る船を、藤村は初めて見た。

越中島の沖を何度となく往復する。

やはり、これはただごとではない。あいつらは、只者《ただもの》ではない。

そう思いながら、ついつい近づき過ぎたらしい。

「おい、あそこに誰かいるぞ」

声がした。

連中が寄ってくるではないか。

慌てて中にあった竿をつかみ、釣りをしているふりをした。

「夜釣りか」

「明かりもなしにか」

怪しまれた。胸が高鳴りだす。船の上の斬り合いなどしたことがない。櫂で撲《なぐ》りつけられ、海に沈められるのが落ちだろう。

「旦那、釣れますかい？」

「まあな」

「いまどき、夜釣りで何を釣ってるんですかい？」

まずい。釣りはくわしくない。とんちんかんな答えをするかもしれない。

「おいらはさ、魚、釣ってんじゃねえよ。土左衛門釣ってんの」

と、藤村はとぼけた声で言った。

ここらじゃ、実際に溺れ死んだ者がひっかかる。

「土左衛門？」

「そう、魂《たましい》釣ってるのさ」

一人が頭のところで、指をくるくるとさせた。

もう一人もうなずいた。

「へえ、じゃあ、いい土左衛門を釣ってくだせえ」

「うめえからなあ、土左衛門の刺身は」

「はっはっは」

笑いながら遠ざかって行った。

舟を河岸までもどすと、逃げるように岸に上がって、この手のことは、やはり鮫蔵に相談することにした。

会いに行くのに、いたずらを思いついた。うまいと評判の饅頭屋が開いていたので、みやげにその饅頭を持っていくことにした。鮫蔵にもっとも似合わない食いものである。

鮫蔵は、妾たちに〈甘えん坊〉という飲み屋をやらせていて、夜はたいがい一度はそこに顔を見せる。

今日もそこにいた。

「こいつは手土産だよ」

と、にやりと笑って、饅頭を手渡した。

「ほう。こりゃあ大好物で」

真面目な顔で言った。

「嘘だろ」

本当だった。鮫蔵はぺろりと五個も食った。

「あんた、猫と饅頭が好きって、世間を裏切り過ぎだろうが」

以前、鮫蔵が捨てられたらしい目の悪い仔猫を拾っているところを見かけたことがある。この男の胸には強もての外見とは別な心も宿っている。

「そうですかね。世間が勝手に誤解してるこって」

これまでのことを話した。

「あそこに水茶屋がねえ」

近頃は、げむげむのほうが気がかりで、あのあたりはご無沙汰だったらしい。

「じゃあ、とりあえず明日、そこをのぞいてみますか」

翌朝——。

鮫蔵はその水茶屋に向かった。

藤村はこの前と、昨日とで、もしかしたら顔を覚えられたかもしれない。遠くからようすを見守ることにした。

鮫蔵はふらりと見回りにきた調子で、十手《じって》をぶらぶらさせながら水茶屋に近づいた。

だが、腰は下ろさない。

婆さんたちにふた声三声、何か話しかけた。大方、下品な冗談を言ったのだろう。婆さんたちが、鮫蔵の背中に、声は出さずに悪態をつくのがわかった。

水茶屋を離れ、こっちに来る鮫蔵を、藤村は先に初秋亭の中に入って待った。二階の窓から鮫蔵についてくる者がいないのも確かめた。

「どうだった？」

と、藤村が二階に上がってきた鮫蔵に訊いた。

鮫蔵は夏木に軽く頭を下げたあと、

「二人ほど見覚えがあるのがいました」と、言った。

「だろうな。あんたを見たとたん、さりげなく席を立って消えたもの。それで、やつらは何者なんでえ？」

「連中の根城は深川じゃありませんぜ。佃島《つくだ》で」

「漁師か？」

「表向きはね。なあに、正体は海賊でさあ」

とんでもない連中が出てきたものである。

四

初秋亭から番屋のほうに場所を移した。海賊が相手となると、隠居のよろず相談の範疇《はんちゅう》を超える。

「海賊というからには、何かを奪うんだろうな」

「奪ってさっさと海に逃げるつもりなんでしょう」

あの船の速さなら、御船手組《おふなてぐみ》だって追いつけるわけがない。あっという間に、浦賀の沖あたりまで逃げてしまうだろう。

「何を狙ってるんだ。あのあたりで？」

「金か、物か？」

「あれだけの人数が動こうとしてるんだ。はした金じゃねえよな」

「まあ、担いで逃げるには重過ぎる千両箱ってとこでしょうな」

「千両箱が動くようなところが、あのあたりにあったか？」

「それですよ。わからねえのは」

鮫蔵もすぐには見当がつかないらしい。

「あるいは人かもしれねえぜ」

「なるほど。藤村の旦那は隠居が早すぎた」

「お世辞はいいからよ」

「そうですよね」

態度が憎々しい。町の人たちがこの男を嫌うのがよくわかるのはこんなときである。

「しでかす前にふんじばるってわけにもいくめえ」

「そりゃあ無理でしょう」

捕まえても証拠が出ない。奉行所の同心たちは始終、拷問なんぞで無理やり吐かせたりしていると思われがちだが、そんな出鱈目《でたらめ》は奉行所では許されない。

しばらく考えていたが、鮫蔵がハッとなって、

「まさかなあ……」

「どうしたい？」

「以前、霊巌寺門前で堂々と賭場を開いてるのがいたんでさあ。去年の四月ごろでしたか。ところが踏み込む寸前に逃げられましてね。その賭場が深川に帰ってきたとしたら、十数人が動くほどの金が運ばれたりするかもしれねえ」

「その上がりを狙ってるってかい？」

「しかも、その賭場の裏には、あっしはげむげむがいるんじゃねえかと思ってますんで」

「そりゃあ大変だな」

とそこへ、長助が顔を見せた。

「あ、親分」

この下っ引きは、鮫蔵を見るときだけ、子どものような顔になる。

すぐあとから、康四郎も顔を見せた。

「なんだ、父上ですか」

こっちは嫌な顔をした。

「康四郎。おめえ、このあいだ水茶屋が怪しいと言った若旦那を、冷たく追い払ったよな」

「それが？」

「そこから、とんでもねえでかい魚が引っかかってきたぜ」

「まさか……」

康四郎と長助が、不安げに顔を見合わせた。

「さて、やつらの狙いを探るのに、ちっと取っておきの荒技を使うか」

鮫蔵が十手で肩を叩きながら立ち上がった。

深川の鮫には、何人いるのかわからないが、尻尾を握っているのにわざと泳がせている連中がいる。

そいつらを脅し、見逃してやるかわりに深川の闇にひそむネタを摑むのである。

深川の南、越中島に近いあたりで、数千両の金が動くやばい話。

　これを摑むため、あのあたりで博打好きの大店の隠居や、やくざの親分格、下手《へた》すると大きな寺の僧侶なども、鮫蔵の脂っぽい顔を近づけられ、前の晩の酒の臭いが混じる臭い息を嗅がされるのだろう。

　わずか二日後——。

　鮫蔵はその話を摑んで、初秋亭にやって来た。

「旦那。二千両です」

「ほう。金額までわかったかい」

「やっぱり賭場でした。上がりの金が二千両になったところで、あそこから近頃、渡し船が出てますでしょう」

「ああ、出てるな。便が少ないので忘れていた」

　巽河岸から、寄場《よせば》の渡しがある鉄砲洲の湊《みなと》河岸まで往復しているのだ。尾張町あたりに通う職人などが、便利だと利用しているらしい。

「あの船に、賭場の男が二人、千両箱を背負って乗り込むそうです。もちろん、千両箱とはわからないようにしますがね」

「真昼間にかい？」

「だから、襲うほうもやりにくいだろうとの魂胆《こんたん》のようです」

「それを強奪しようというのか？」

「あの水茶屋の客は、全部、三人の婆さんの息子たちです」

「そうなのか」

　これには驚いた。

「亭主が何人もいるから、顔も似てませんがね。それで、息子たちがあの水茶屋に待機してますでしょ。そうすると、千両箱を背負った二人が来るんです」

「わかったぞ。すると、水茶屋の連中がいっきに同じ船に乗り込むわけだ。渡し船は何人まで乗れるんだ？」

「十八人です」

「なるほど、婆さんを入れたら、満員になっちまう。あとは、川のなかほどあたりで金を運ぶ二人と、船頭を水に叩き込んで、あの速さで沖へととんずらするわけだ」

　暗闇のなかを矢のように走った船を思い出した。

「よくできました」

「恐れ入ったぜ」

「問題がありましてね。その賭場がどうにもわからねえ。だから、あっしらも連中を捕まえるには、あの水茶屋を見張りつづけるしかねえってわけで」

強奪の現場で一網打尽にする。鮫蔵はそんな筋書きを書いたらしい。

「そりゃあ、うまくいったらたいしたもんだが」

藤村は不安を覚えた。

五

見張りには、ずいぶんな人数が繰り出されることになった。

翌日には、釣り船を装った屋形船を三艘ほど浮かべ、北町奉行所の連中は、さっそくここで見張りを始めた。

一艘につき、与力か同心が一人に中間や小者が三人ほど、さらに岡っ引きが一人に、下っ引きが三人の計七、八人ほどの捕り方が乗り込んでいるという。海賊たちの悪だくみを、端緒のうちに見破ることができなかった康四郎と長助も、気まずそうなつらでこの見張りに参加している。

海賊たちも婆さんを入れると十八人というかなりの数になる。捕り方とそれほど数に差はない。だが、海賊連中もおそらくたいした武器は携帯していないだろうから、逃亡さえ阻止できればこの人数でも問題はないはずである。

また、水上の犯罪を取り締まる御船手組にも連絡し、鉄砲洲や越中島の沖にも見張りの船を配置してもらったという。

これらの船のようすは、初秋亭の窓からも眺められた。

「まあ、あれだけの数で周りを囲めばなんとかなるか」

と、夏木は言ったが、

「どうかねえ」

藤村は夜の越中島沖で見たあの船の信じられないような速さを思い出すと、どうにも不安で仕方がなくなった。

そこで、昼過ぎに一度、交代で休憩に上がってきた同心の菅田《すげた》万之助《まんのすけ》に、

「おいらたちも近くに釣り船を出してもいいだろ？」

と、藤村が頼んだ。

「え、どうしてですか？」

「捕物のようすを、すぐ近くで見物させてくれてもいいじゃねえか。ここまで関わった以上、最後まで見届けたいのが人情というものだろうが」

「釣り船でねえ」

「おいらたちはちゃんと釣りをするぜ。あんたたちよりよほど怪しくねえよ」

じっさい、見張りの船では釣り糸を垂らす者もいない。最近の奉行所はだらけたもんだと、嫌味の一つも言いたくなるくらいである。

「まあ、そりゃあ藤村さんたちのおかげで明らかになった事件ですけど……」

菅田はあまり歓迎していない。

「いままでの手柄だけでも礼金をいただいてもいいんだが……」

藤村がそう言うと、菅田はひどく困った顔をして、

「礼金なんぞ出せるわけがないのは、藤村さんがいちばんご存知じゃないですか」

「そうだっけか？」

「わかりましたよ。じゃあ、あまり目立たない格好でお願いしますよ。今回は与力の塚原《つかはら》さんが出張ってきているので、うるさいんですよ」

塚原一馬《かずま》というのは、市中取締り掛の与力で、歳は四十ちょっととまだ若いのだが、やたらと口うるさい。見張っているところにのこのこ顔を出して、ちょっと目立ったりしようものなら、どれだけ怒鳴り散らすかわかったものではない。

そのくせ、捕物の腕はよくないのだ。

「塚原が来てるのか」

と、菅田が気乗りしないのも納得し、

「大丈夫さ。だったら、おいらは変装していくさ。あんた、おいらが変装を得意としたのは知ってるよな」

「そうでしたっけ」

「そうだよ。まかせとけって」

なかば無理やり承諾させた。

変装といったって、そうたいしたものではない。手拭いで頬かむりをし、年寄り臭く綿入れの羽織を着たくらいである。

仁左衛門はどう見ても武士には見えないから、むしろ堂々と顔をさらしたほうが疑われない。

さらに、夏木も乗り込むことになった。

「夏木さん。水の上は冷えたりするからまずいんじゃないのかい？」

と心配したが、

「では、日中のあいだだけでも」

どうしても参加したいらしく、天気がよければいいかということになった。

それに、夏木の病は、養生の甲斐があってかなり落ち着き、むしろふつうと変わらない暮らしを送ったほうがいいのだと、寿庵からも言われていた。

結局、小舟に三人が乗り込み、永代橋のちょっと上流の河岸からゆるゆると下流へ向かおうとしていると、

「藤村さまたちではありませんか？」

岸のほうから声をかけてきたのは、あの水茶屋の通《つう》、きせる屋〈まこと堂〉の若旦那ではないか。

「おう、若旦那」

と、藤村は手を上げたが、こうも簡単に若旦那に見破られるようでは、自分の変装もたいしたことはないと思ってしまう。

「いま、初秋亭のほうにうかがったら、いらっしゃらなくて」

危なっかしい足取りで、川岸を下りてきた。

「いまから釣り船で、例の水茶屋を見張るんだよ」

「やっぱり、怪しいでしょう？」

「怪しいなんてもんじゃねえ。そうだ、あんたのところにも知らせなくちゃならなかったのを忘れちまったぜ」

「と、おっしゃいますと？」

「若旦那。お手柄なんてもんじゃねえよ。あの水茶屋に集まるのは、海賊連中でさ、大がかりな千両箱の強奪をやろうとしてるのさ」

「海賊だったんですか」

若旦那の顔が輝いた。

「じゃあ、そこらの岸辺から見ていてくれ。水茶屋には近づかないほうがいいぜ。何があるかわからねえからな」

「ちょっ、ちょっと待ってください。あたしも乗せてください」

「駄目だよ、若旦那。怪我なんかさせた日には、あんたのおやじさんあたりからどんだけ怨まれるか」

と、仁左衛門が舟に乗ろうとする若旦那を止めた。

「大丈夫です。そうしたらおやじは、よそでつくった息子を店に入れるだけですから」

そう言いながら、若旦那は舟縁《ふなべり》にしがみつく。無理に舟を出せば、そのまま水に漬かってしまうだろう。

「しょうがねえな、若旦那も」

藤村も仕方なく、若旦那が乗り込むのを許した。

　こうして、ちょっと離れたあたりから、日に三度ほど、水茶屋の近くから出ている渡し船を見張ったのだが――。

　とりあえず、この日は動きがなく、婆さんたちも諦めて、早々と荷物の片づけを始めた。

　藤村は、熊井町の番屋に寄った鮫蔵を捉まえた。

「おい。賭場のほうはまだわからねえかい？」

　鮫蔵がまる一日、釣りでもするみたいにおとなしく敵の動きを待つなんてことはありえない。どうせ、下っ引きたちを動かし、賭場を探しまわっているはずなのだ。

「ふっふっふ。旦那にかかっちゃお見通しだ。ええ、うちの下っ引きが、だいたいの見当をつけましたがね」

「おめえ、どっちが本筋なんだい？」

「おや、旦那、気がつきましたか？」

「当たり前だろ。賭場のほうに踏み込まれたら、海賊たちはこれはやばいと逃げちまうさ。逆に海賊を優先すると、げむげむのほうが逃げちまうかもしれねえ。一網打尽といけばいいが、なかなかそうもいかなかったりする。こりゃあ、どっちを捕まえたらいいか、難しいわな」

「そういうときは、本筋を追うのが鉄則ですよね」

「だから、訊いてるんじゃねえか」

「ご安心を。今回は海賊狙いです。げむげむは、別のほうからも追いつめてますからね」

さすがに鮫蔵は迷いがなかった。


水茶屋の海賊たちが動いたのは、見張りを始めて三日後だった。

昼ごろである。そろそろ握り飯でも食おうかというころ、

「来たぞ、来たぞ」

藤村が釣竿を持ったまま、ほかの三人に知らせた。若旦那は今日も朝からやって来ていて、藤村の声に緊張したらしく、あわてて竹筒の水をごくりと飲んだ。

重そうな荷物を背負った二人がやってくると、水茶屋の客がいっせいに動いた。総勢十八人が、あくまでもさりげなく、渡し船におさまっていく。運び人二人は、何も疑うことないらしく、渡し船のなかほどに腰を下ろしている。

連中が全員、乗り込んだのを見て、

「変だな？」

と、夏木が首をかしげた。

「何がだい、夏木さん?」

と、仁左衛門が訊いた。

「あいつら、これから千両箱の運び人を叩き落として、逃亡しようっていうんだろ」

「それはまちがいねえはずだぜ」

と、藤村はうなずいた。

「だが、船を漕ぐには櫂が必要だ。あいつら、櫂を持っておらぬではないか」

「ほんとだ」

と、仁左衛門も言った。

「気をつけろ。櫂を渡すやつがいるのだ」

と、夏木が言って、船底に隠した楊弓に手をかけた。楊弓はふつうの弓の半分ほどの大きさで、女子どもの遊びにも使われたが、夏木のそれは張りも強く、威力はふつうの弓と変わらない。

渡し船が動き出した。

藤村たちの舟もさりげなく、渡し船の航路に接近していく。

大川の河口のなかほどに達したときである。

「なに、するんだ」

「やかましい。命を助けてやるだけ、ありがてえと思え」

などと騒ぎが起きたかと思うと、千両箱二つはあっという間に奪われ、男二人と船頭がざぶんと水に叩き込まれた。

「だ、誰か助けて」

運び人たちは水が苦手らしく、あわててもがいている。

奉行所の船のうちの一艘が、この運び人に近づき、乗っていた鮫蔵が竹竿を伸ばして、

「これを摑め」

と、喚《わめ》いた。

そのとき、夏木が、

「おい、あの舟を見ろ」

と、叫んだ。三十ほどの女が水茶屋のほうから小舟を漕ぎ寄せてきていた。

「おそらくあれに櫂を載せてるのだ」

櫂なんて持って船に乗れば、船頭や運び人に怪しまれる。だから、それは別にしておき、強奪してからこの舟が近づいて、櫂を渡すという計画になっていたのだ。

「あの舟を近づけちゃ駄目だ」

夏木の言葉に、

「よし」

と、藤村が漕ぎ、舟を近づけた。

「女、舟を止めろ」

「へっ。何ぬかしやがる」

海賊の仲間だけあって、女ながらも威勢がいい。

すると、夏木が楊弓をひきしぼり、ひゅっと矢を放った。

女が櫓を漕ぐ手元にぴしっと突き刺さる。夏木の弓の腕は回復していた。

「ひっ」

と、女はいったん立ちすくんだが、

「逃げて、邪魔が入ったよ」

渡し船に向かって叫んだ。

「逃げてったって、櫂がなきゃ漕げねえだろ」

海賊たちは異変に気づき、船の上で立ち上がっている。

そこへ、奉行所の船も周りを囲みはじめた。

「神妙にせよ！　北町奉行所だ」

「くそっ。町方じゃねえか」

「おとなしくお縄にかかれ。いまならそう大きな罪にはならぬぞ」

与力の塚原が甲高い声で怒鳴った。

「やかましいやい」

婆さんの一人が、どう見ても抱えられそうにない千両箱をえいっと持ち上げると、抱きながらいきなり水の中に飛び込んだ。

「あ、おっかあが飛び込んだぞ」

「おっかさん」

この婆さんを追って飛び込む海賊もいれば、反対側にも次々に飛び込んでいく。

船の上の海賊たちを一網打尽にする予定だった捕物は、この世の多くがそうであるように、予定とはちがった展開を繰り広げていた。

水はまだ冷たいのに、そこは海賊だけに慣れているのか、船の上でおとなしく縄にかかろうという者は、残りの二人の婆さんくらいである。

「逃がすな、あっちだ」

「追え、追え。藤村さんたちも手伝ってくれ」

邪魔するなと言っていた菅田万之助まで、藤村たちに助けを求め出した。

結局――。

海賊たち十八人中十二人は捕縛できた。そのうち、婆さん三人は救い上げたが、千両箱の一つは水中深く沈んだ。また、ほかの六人は日暮れどきになっても見つからず、逃げおおせたのか、それとも海の底に沈んだきりなのか、これは明らかになるまで、かなりの時間が必要になりそうだった。

このあと――。

鮫蔵は、助け上げた千両箱の運び人二人を、同心たちが心配して止めに入るほど、脅し、こづき、ぶっ叩いた。

そうして、ようやく賭場の場所――それは、予想に反して、大きな寺のなんと、塔頭《たっちゅう》であったが――を白状させたのだが、捕り方たちが駆けつけたそのときは、すでにげむげむの連中の姿は跡形もなかったという。

「どうしたい、若旦那。目が覚めたみたいにすっきりした顔をして？」

騒ぎの翌日、初秋亭にやって来た〈まこと堂〉の若旦那に、藤村が言った。

「いやあ、昨日の捕物に、大いに考えさせられましてね」

と、若旦那が笑顔で答えた。

そういえば、捕物の最中から、若旦那はしきりにぶつぶつ言っていた気がする。

「何を考えたんだい？」

と、仁左衛門が訊いた。

「いえね。皆、必死で生きてるんだなあって思ったんですよ。海賊の連中も、捕まえようとする町方の人たちも」

「ほう。必死でな」

と、夏木がうなずいた。

「はい。逃げようとする顔、捕まえようとする顔が誰も必死で、あたしには美しくさえ見えたのです。それに比べて、あたしはなんだと思いました。毎日、ふらふらと水茶屋めぐりじゃありませんか」

と、ずいぶん自嘲的に言った。

「そんなこと気にするなよ。だいたい、そういう若旦那がいたからこそ、海賊の狙いも阻止できたんだから」と、藤村が言った。

「いや、やはりこんな態度じゃ駄目だ。もっとしっかり商いを学ばなければ駄目だって、そう思ったんです」

「ほう。それはよい」と、夏木が感心した。

「このたびは、本当にお世話になりました」

若旦那は頭を下げ、帰って行った。

「人というのは、意外なところから学ぶものだのう」

夏木はしきりに感心した。

「まったくだ」

藤村もそう言って、愉快そうに笑った。

「いや、それはちがうよ」

と、仁左衛門だけが異議を唱えた。

「あの、若旦那はもうそこまでの結論には、心の奥で達していたのさ。きっかけはなんでもよかったんだよ」

仁左衛門は、倅の鯉右衛門のことも思い浮かべながら、そう言ったのであった。

第四話　南瓜《かぼちゃ》の罪

一

夏木権之助は、初秋亭には、朝、出てきて、夕方、暗くなる前には帰る。

この往復が、身体の回復のため、ずいぶん役に立っていると医者の寿庵も言っている。籠《こ》もってしまうのがいちばんよくないらしい。

水辺の景色を見ながら歩く気持ちのよさは、むしろ倒れてからのほうが感じるようになった。水面というのは何もない扁平なだけのものではなく、さまざまな表情を見せてくれるのだ。毎日ちがう水の色、風の強さや向きによって変わる波の模様、映す雲のかたちもさまざまなら、風の匂いまで異なる。それらはゆっくり歩くからこそ見えてきた。人というのは一度、失ってみないとわからないものがずいぶんある。

志乃も心配するので、往復の時刻はきちんと守っている。海の牙に寄るときなどは、あらかじめ告げておくか、いったん帰って、中間とともに出直すかしている。倒れたことによって、夫婦の関係はずいぶんよくなった。

何がよくなったといって、まず話をする機会が多くなった。家族の動向や、こましたことも話し合うようになった。すると、自分はこれまで家のなかのことをほとんど知らないで来たことを自覚した。

もうひとつは、これは誰にも言いたくないが、自然と手を取り合うようになった。ちょっとしたときに、どちらからともなく手を伸ばすのである。それは夏木の足元が危ういときもあれば、足元とは関係なく志乃が甘えるように手を出してくるときもある。倒れる前であったら、伸ばしてきた手をぴしゃりと叩くくらいのことはしていただろう。若いときの喜びとはまるでちがうが、頼り頼られることの安心感というものがあった。

その夏木がこの日はいつもより早く初秋亭を出て、家にもどったとき、藤村の女房の加代が来ていた。

家中に香の匂いが充ちている。今年に入って、志乃が加代から香道を習いはじめているのだ。

藤村がよく、あの匂いには胸が悪くなると言っているが、夏木は嫌いではない。

むしろ、香りのなかには過去の艶っぽい記憶を喚起させるものもあって、なんなら自分もやってみたいくらいである。

——藤村という男はちと、好みの範囲が狭すぎるのではないか。

と、夏木は思った。

声をかけずに廊下に上がったので、二人の話がやまずに聞こえてくる。

「うちはなかなか難しいことばっかりで」

と、加代がため息をついた。

「おや」

「夏木さまは志乃さまにもおやさしくて」

夏木は廊下に立ったまま、顔を赤らめた。

「そんなことは」

「いいえ。話しかけるお言葉を聞いてもわかります。鷹揚で、思いやりが感じられて。うちのは昔からですが、そっけないものです。奉行所をやめたら、もうすこし話し相手になってくれたりするのかと期待していたのですが、もっとひどくなって……」

「うちのだってそういうときもありますよ。でも、康四郎さんが、お話し相手になってくれるでしょう？」

「とんでもないです。あれは近頃、心ここにあらずという感じで、どうなってしまったか心配するほどですもの」

「そうですか？」

「昨年ですが、当家のお隣りが、突然、首を吊ろうとなさいました。幸い、うちのが寸前で見つけて、ことなきを得ました。そのお人も、いまでこそずいぶん元気におなりになったのですが、当時はご亭主に先立たれ、息子も手が離れ、喪失感と言うのでしょうか、何もない世界に来てしまったような寂しさで、生きる元気が消え失せてしまったそうです。なんだか、そのお気持ちがわかるようで」

「まあ」

「いえ、そんな早まったことをする気持ちは毛頭ありませんよ。ただ、ときおり何か切ない気持ちがこみあげます」

語尾が震えたようになった。

「でも、加代さんは香道のお弟子さんもたくさんいらっしゃるし、生きがいややりがいもありますでしょう？」

「そうですね。それがあるから、わたしもどうにかお隣りの未亡人ほどには落ち込まずにいられるのかもしれません……」

夏木は加代の話を聞き、藤村に注意してやらねばと思った。


数日後――。

「藤村、おぬし、もうすこし加代どのを大事にしてやったほうがいいのではないか」

と、夏木はさっそく忠告している。

「夏木さん。おいらだって歳も歳だし、若いころの元気なんざありませんよ」

「おい、藤村。そっちのほうだけではないぞ。おなごはむしろ、言葉が大事なのだ。ほめたり、からかったりと……」

「夏木さんを手本にかい？」

「別にわしが手本というわけではないが……言葉なんていくらかけても、体力を使うわけでもなければ、懐だって痛まない」

「夏木さん。訊くけれど、その言葉に実《じつ》はあるのかね？」

と、藤村は皮肉っぽい笑みを浮かべて訊いた。

「実？　ううむ。実はあったりなかったりかな」

「おいらはそういうのはどうもね……」

藤村はぷいとそっぽを向いた。

この日は句会だった。

春の海辺のようすを詠もうというので、洲崎寄りの越中島の海辺に来ていた。句会となると、俄然、生き生きするのは仁左衛門で、今日も歩きながら、一歩につき一句の割合でつくりつづけている。

春日差すなまこの皮の厚くあり
岩肌を波が引きゆく春の貝
春の海死骸のわきのかぼちゃかな

——ん？

足を止め、いまつくったばかりの句と、目の前の光景を交互に見て、仁左衛門は驚いた。

波打ち際からは五間ほど離れているが、短い丈の草むらに、男が変なかたちに手を伸ばし、横たわっている。男の頭蓋は明らかに窪んでいて、鼻と耳から流れたらしい血が固まって黒くなっている。ぴくりともしない。死んでいるのは、顔色からも明らかである。その男のわきには、大きなかぼちゃが転がっていた。

発句どおりの光景が目の前にあった。見ながらつくったのだから当たり前だが、仁左衛門は句をつくるときはほとんど無意識の状態にあるので、あらためて驚いてしまうのである。

「藤村さん、た、大変だぁ！」

「どうした仁左？」

「し、死んでるんだよ、人が……」

「なんだって……」

藤村が駆け寄り、遺体が殺害されたものであることを確かめた。

「ここらでいちばん近いのは門前町の番屋だったな。おいらが知らせてこよう」

と、藤村は番屋に走った。

藤村は番太郎を一人つれてすぐにもどってきたが、句会の連中も浮き足立ってしまい、とても句作どころではない。

「洲崎神社のほうに」

と、かな女が先に立って、場所を替えることにした。

それでもなかなか身《み》が入らず、今日は誰もがさんざんな出来でもどってくると、浜辺には菅田万之助と、藤村康四郎、それに下っ引きの長助が駆けつけてきている。句会の一行も、一部は見たくないと言って先に帰ったが、大半は浜辺に下りて、すでにできている野次馬の包囲に加わった。

調べの最中、康四郎がかな女の近くに寄ってきて、何か言った。ちょっと遠ざかり、二人は小声で何か言い合っている。表情は真剣で、康四郎には咎《とが》めているような色合いも窺《うかが》える。

——なんだ、あれは？

藤村からしたら、やけに気になるそぶりである。

あの二人は、やはり本当にできているのだろうか？

だいたいこんなときに、女とひそひそ話をするなどなっていない。

本所深川見回り同心の菅田万之助が野次馬たちに声をかけた。

「仏さんの身元を知っている者はいねえかい？　ちっと、顔を拝んでやってくれよ」

そこで、見るからに深川の遊女が、おずおずと進み出て、

「あたしは櫓下《やぐらした》にいるおるいといいますが、この人は神田の橘《たちばな》町で小間物屋をしている良《りょう》さんじゃないかと思います」

と、証言したのだった。

藤村康四郎と下っ引きの長助は、神田の橘町に向かった。

歩きながら、康四郎はかな女のことをこぼした。

「まったく、あの女……」

「かな女さんのこと怒ったのかい？」

「怒ってなんかいないよ。ただ、どうして来なかったの？って訊いただけだ。おいら、ゆうべは深川八幡の境内で半刻（およそ一時間）近く待ったんだぜ。しかも、誘ったのは向こうのほうなのに」

「康さんは怒るかもしれねえが、あっしはあの女はやめたほうがいいと思うぜ」

「おいら、もてあそばれてるのかな」

と、康四郎は不安げに言った。

ふいに、あの夜のことを思い出した。ふた月ほど前である。

康四郎は番屋をまわっての帰り、黒江町のかな女の家を訪ねた。町回りの合い間につくった句を添削してもらおうと思ったのだが、むろん単にかな女と話がしたいという気持ちもあった。

一目惚れ。康四郎の気持ちはまさにそれであった。女を知らないわけではない。

奉行所の町回り同心の見習いなどしていれば、先輩や同僚たちがよからぬところに連れて行ってくれる。康四郎は見習いに上がったのがかなり遅かったが、十代半ばから見習いに出ていた連中などのなかには、すでになじみの女が岡場所ごとにいるような剛の者もいた。

だが、かな女はそんな女たちとはまるでちがっていた。淡くにじんでいた。一目見てそう思った。顔や姿だけではない。物言いや、ちょっとしたときのふるまい。それらが、逆光の日差しを浴びているように、まぶしく、しかも柔らかだった。

ただ、その夜のかな女は、いつもとすこしちがった。

かな女は仏壇の前にいて、熱心にお経をあげていた。

「どなたか亡くなられたのですか？」

と、訊いた康四郎に、

「ときどき、死んだ自分にお経を唱えているような気持ちになるの。変ですよね」

かな女はそう答えた。

「まあ、誰もが変な気がするときはありますからね」

「康四郎さんも？」

「おいらなんぞは、いつも変なので、自分ではわからなくなっているだけかもしれません」

「おかしなことをおっしゃるところは、お父上にそっくり」

「そいつは嬉しくないな」

「嬉しくないの？」

「おやじに似ていて嬉しいなんていうやつは、滅多にいないでしょう」

「あら、そう？　そういうものなの？」

かな女はそう言って、いたずらっぽく康四郎の顔をのぞきこんだ。

そのとき、地震があった。突き上げるような縦揺れが何度かあり、それから横に揺れた。縦揺れのときは大きくなるかと思ったが、横揺れに入るとそうでもなかった。

もし、地震がなかったら、あのあとのことはあったのだろうかと、康四郎は思うときもある。かな女は身体を固くし、沈黙して康四郎を見つめた。康四郎はたいした地震ではありませんよ、というようにかな女を見つめ返した。

地震はおさまった。

かな女はまだ、康四郎を見つめていた。

康四郎の手が意識しないまま動いて、かな女の袖を摑んだ。強く引いたわけでもないのに、かな女が康四郎にぶつかってきた。

かな女が先に、康四郎の口を吸ってきた。口を吸われたのは初めてだった。いつも家で嗅ぐ香の匂いとはちがう、甘い匂いがした。

そのあとのことは、岡場所などですることと大差はなかった。大差のないことがむしろ不思議な気がした。岡場所の女たちとはまるでちがう女だと思っていたので、こういうときにすることもまるでちがうものだと想像していたのだった。

「おい、康さん」

と、長助が呼んでいた。

「あ、うん？」

「だいたい、あのお師匠さんはいくつ上になるんだい？」

「十ほどだろ」

と、康四郎は怒ったように言った。

「若く見えても、女は老《ふ》けるのが早いぜ」

「そうなのか」

「ああ。おっぱいなんざすぐに萎《しな》びてくらぁ」

康四郎は長助とはこのところ、なんでも語り合っている。同じ歳で、性格はずいぶんちがうが、なぜか馬が合う。

長助は若いころは悪くて、ずいぶん暴れたらしいが、

「どん底に行きそうなとき、鮫蔵親分に助けられたのさ」

と、語っていた。目つきなどには、悪かったころの気配は残っているが、

「康さんには、こっちをムキにさせない不思議な雰囲気がある」

とかで、長助もまた、康四郎には腹のなかまでぶちまけていた。

若い二人の足取りは速い。

神田の橘町に来た。

このあたりは、昔、本願寺があったので、門前に立花《たちばな》を売る店が多かった。それで立花町と呼ばれるようになり、やがて橘町と書かれるようになった。

もう本願寺は築地に移ってしまい、いまは薬屋が多いが、ほかに雑多な店が立ち並んでいる。

一丁目から四丁目まであり、丸一日、遺体の人相書を持って、小間物屋の良さんというのを探しまわるが、いくら訊ねても、そんな男は見つからない。

「おかしいな」

「店を持っているわけじゃなく、かつぎ売りの小間物屋だったんじゃないのかい?」

「じゃあ、長屋を当たるか」

　それでも、小間物屋の良さんは、見つけられなかった。

二

「結局、昨日一日かけても、康四郎たちは、小間物屋の良ってえのを見つけられなくてさ」

　と、菅田万之助が藤村慎三郎に言った。

　熊井町の番屋の前の立ち話である。康四郎の直接の上司になる菅田は、声が大きすぎるのが難点だが、気は悪くない。藤村より三つ下で、事件が起きると、しばしば藤村の推量を当てにした。

「それで、もう一度、女郎のおるいというのに訊きに行ったのさ。そしたら、その話を聞いた年増女郎が、小間物屋の良ってのは大嘘つきで、本当のことなんかこれっぽっちも言わねえとさ」

「詐欺師か」

「詐欺師ってほどでもねえらしい。詐欺で捕まって、臭い飯を食ったこともねえみてえだし。ただ、女を幾人も騙して、食わしてもらってたらしい」

「なるほど。寂しい女を騙してるのか」

「寂しい女は多いからね」

「なあに、寂しい男だって多いよ」

と、藤村は自分を指差した。

「あいかわらず、真面目な顔で冗談を言う人だ」

菅田は苦笑したが、藤村は半分は本気である。

「菅田。その話は、鮫蔵に訊いたほうが早いんじゃねえのか？」

「それが鮫蔵は例のげむげむを追いかけて、ここんとこまた芝のほうに泊まりっぱなしらしいんで。下っ引きにも連絡はつかねえらしい」

「へえ。いよいよ追いつめたのかね」

「ただ、あの嘘つきはいくら鮫蔵でもわからないんじゃないかね。女を騙すような野郎は、ほかのことではおとなしかったりするから」

「どうかな。深川の鮫は、こんなちっちぇ小魚みたいな話まで食っちまうんだぜ」

「じゃあ、鮫蔵を探すかね」

と、そこへ——。

康四郎と長助がもどってきた。深川の岡場所で、殺された男の人相書を見せながら、訊ね歩いてきたという。

「どうだった？」

「何人か、客で来たとかという女はいました。だが、言うことは皆、ちがってました」

「そんなにいつもちがうことを言って、よく次に辻褄《つじつま》を合わせられるもんだねえ」

菅田がそんなことを言ったので、

「だって、そういうやつは、自分の嘘はちゃんと手帖に書いておくらしいぜ。まめじゃなきゃ、詐欺師にはなれねえんだよ」

わきから藤村がそう言った。

「嘘ばかりついてきたから、実態がわからない。ということは、調べようがないんです」と、康四郎は言った。

「そりゃそうだな」

「菅田さん。こりゃあ迷宮入りですかね」

と、言った康四郎に、

「ばあか」

藤村は悪態をついて番屋を出た。

「近頃、うちのおやじは口が悪いだろ？」

と、康四郎が歩きながら長助に言った。

「だって、藤村の旦那は照れ屋だもの。みんなの前で、倅に甘い顔を見せるなんてことはしねえさ」

「それにしても、最近、ひどいんだ。まあ、おいらには理由はわかってんだがね」

「理由？」

「そうさ。おいらに当たりたくなる理由があるのさ」

「どんな？」

「おやじは、かな女師匠に惚れてるのさ」

「そうなのか？」

「前に、かな女といっしょにいるところを見かけたのさ。そのとき、おいらは一目でわかったぜ。やけに強《こわ》ばった顔をしちゃってさ」

言いながら康四郎は、かな女のことになると、父親に対して敵意のようなものが湧いてくるのを感じた。

「へえ」

と、長助は面白そうとでも言いたいように、声をあげた。

康四郎と長助は、永代寺に向かっている。もう一度、調べに出ることにしたのだ。本当なら、そろそろ奉行所に引き上げてもいい時分である。それはさっき長助が言い出したことがきっかけだった。

「詐欺師ってえのは、寂しい女を狙うんだろうな」

長助はそう言ったのである。

「寂しい女ねえ」

もしかしたら、かな女だってそうなのかもしれない。

「なあ、康さん。寂しい女は江戸にどれだけいるんだろう？」

「ずいぶんいるんだろうな」

むしろ、寂しくない女のほうが少ないのではないか。

「でも、そういう女が皆、男に騙されているわけではないよな」

「そりゃあそうさ」

「つまり、いちいち女に当たっても、詐欺師としては効率がよくないと思うんだよ。でも、寂しい女がよく来るところがあれば、そこでどんどん女を騙すことができるよね」

「そんなところがあるか？」

「あるよ、康さん」

長助に引っ張られるようにして、永代寺境内に出ている芝居小屋に来た。

ここに掛かっているのは、いわゆる江戸三座として幕府から正式に認められた小屋ではない。小芝居と呼ばれて、幕が使えなかったり、制限が多い。

「いま、この小屋に出ている岡本半七郎《おかもとはんしちろう》という役者は、女たちのあいだで、絶大な人気を誇ってるんだ。しかも、その女たちは、若い娘というよりは、年増からおばさんたちが断然多いんだよ」

「つまり、寂しい女たちってわけか」

康四郎も納得した。

ちょうど、芝居がはねたところだった。

小屋の中から、女たちがぞろぞろと、興奮した面持《おもも》ちで出てきた。小屋の前は、化粧の匂いと、「よかった、半七郎」というため息のような賛辞で満ちた。

長助はその女たちに、死んだ男の人相書を見せながら、次々に声をかけた。康四郎はわきに立ち、女たちの表情の変化を見ることにした。

人相書には、額の小さな傷――もしかしたら、捨てようとした女にでもつけられたものかもしれない――と、左頰の大きめの黒子《ほくろ》も描き込まれている。

五、六番目に声をかけた、中年女の三人組が足を止めた。

「あれ、これっておようさんの」

真ん中にいた肥った女が言いかけると、

「それ、まずいよ」

と、左側にいた痩せた女が止めた。

「そうね、まずいわよね」

しらばくれて行き過ぎようとする。

「ちょっと待ちなよ、おかみさんたち」

「悪いわね。あたしたち、急いでるのよ」

「あんたたち、これは町方の殺しの調べなんだぜ」

と、長助が脅すように言った。

「ああ、でも、ねえ」

「駄目よ、余計なこと言ったら」

「おようさんが、教え子の親に怒られちゃうわよ」

べらべらおしゃべりを始めた。

母親ほどの歳の女たちに長助は閉口している。脅しはまるで効かなかったのだ。

康四郎は、できるだけドスを効かせるよう声をつぶし、

「言いたくねえなら、ちっとそこの番屋まで来てもらおうか」

と、凄んだ。

「あら、番屋は困るわよね」

「あたし、夕飯のしたくもしないで出てるんだもの」

「亭主に殺されるわ」

そこで、女たちはどっと笑い声をあげたあと、そのうちの一人が、

「あら、ごめん。たぶん、本所松坂町二丁目の裏長屋で手習いの師匠をしているおようさんのいい人かもしれませんよ」

やっと肝心なことを言った。

三

康四郎と長助が、松坂町二丁目のその長屋に辿り着いたときには、もう日も翳《かげ》り

つつあった。

「こちらは、手習いの師匠をされているおようさんの家で？」

「はい。あたしがそうですけど」

四十くらいだろうか。

建物自体は安普請だが、きれいにして住んでいる。広さも九尺二間の棟割長屋ではなく、六畳と三畳の二間ある。六畳のほうの隅には、細長い机が三つ積み重ねられている。ここで、子どもたちに手習いを教授しているのだろう。

「ちっと、見ていただきてえものがあって」

と、長助が人相書を広げた。

さっと、おようの顔が変わった。

「ご存知ですよね」

「…………」

「正直に言っていただかないと」

「何か騒ぎになることですか？」

「おようさんが正直に言ってくれないと、逆に騒ぎは大きくなりますよ」

と、康四郎が長助の後ろから静かな声で言った。

「知ってる人です」

「なんていうお人で？」

「筆屋の孝吉《こうきち》さんです」

「筆屋の孝吉？　小間物屋の良さんじゃねえ？」

「誰です、その人は？」

やはり、まったくちがう名前になっている。この名前だって、本当の名前かどうかはわからない。この事件は恐ろしく難しいのだ。

「孝吉さんは、こちらにお住まいだった？」と、康四郎が訊いた。

「いいえ。そんなことは」

「どこかから通って来られたんで？」

「はい。本郷に小さな店を持っているということで」

「知り合ったのはどこで？」

「前に、深川永代寺の芝居小屋に行ったときに知り合いました。そのときは、ちょっと水茶屋でお茶をいっしょに飲んだだけでしたが、その後、孝吉さんが偶然、ここに筆を売りに来られて……」

「なるほど、偶然にね」

と、長助は笑いながら言った。

康四郎も同じ思いである。偶然のわけがない。孝吉はその後、永代寺からここまで、およりのあとをつけたに決まっている。そして、およりが独り身で、ここで手習いの教授をしていることも知った。あとは、手習いに入用な、筆屋になって、ここを訪《おとず》れればよかっただけである。

「孝吉さんは、何かしたのですか？」

と、およりが恐る恐る訊いた。

「殺されたんです。深川の越中島の海辺で」

康四郎と長助は顔を見合わせ、康四郎が答えた。

「え……」

しばらく黙っていたが、やがて袖で目頭《めがしら》を押さえた。

「でも、孝吉さんはいつかそんなことになるような気がしていました」

「それはなんで？」

「なんて言うのでしょう。悪い人ではないんです。でも、どこか不実《ふじつ》なところがある人でした。だから、こちらをすごく不安にさせるんです」

「本郷に住んでいるというのは信じてましたか？」

「それは……信じたいとは思ってましたが、信じてなかったかもしれません。一度、あとをつけたことがあります。本当に本郷に帰るのかなと」

「帰りました？」

「いいえ。そのときは、本郷とは反対のほうに行きました」

「どこに？」

「深川の髪結いに行きました。そこで頭を直してもらっていたので、あたしは帰ってきてしまいましたが」

「なんという髪結いで？」

「名は忘れましたが、海辺大工町の宣祥寺というお寺の真ん前にあった店ですから、すぐにわかると思います」

康四郎は途中からふと思いはじめていた。

——このおようさんと、自分の母親の加代がすごく似ている……。

と。それは顔ではない。寂しさのまぎらせかたが似ているのではないか。暮らし方がどことなく共通するのではないか。

「手習いの師匠は大変でしょう？」

と、康四郎はいたわるように訊いた。

および、壁に貼ってある子どもたちが書いたらしいお習字のたどたどしいような文字を見て、

「他人に何か教えるということが自分を保つのに役立ったりするんです」

すこし元気なくそう言った。

「自分を保つ……」

康四郎の母も、香道を教えている。


一方——。

初秋亭に、近所の八百屋がやって来た。藤村たちもたまにこの店でみそ汁に入れる菜っぱなどを買っているが、この亭主のほうはかつぎ売りに回っていることが多く、たいがい女房が店番をしている。

「こちらは、よろず相談をなさっているご隠居三人組のお宅で？」

「そうだが、別に三人組を名乗っているわけではないがな」と、夏木が苦笑した。

「あっしはそこの八百屋の平吉《へいきち》といいますが……」

「どうかしたのかい？」と、藤村が訊いた。

「へえ、じつは越中島の海辺で死体が見つかってから、急にかぼちゃが売れなくな

ったんですよ」

「別におめえんとこのかぼちゃだったわけじゃねえんだろ？」

「もちろんでさあ。だいいち、あっしのところのかぼちゃだったら、下手人扱いされて大変でさあ」

「たしかにな」

「誰かが、かぼちゃというのは縁起のよくない食いものなんだとか言い出したみたいなんです。この手の迷信とか噂てえのは、あっという間に駆け回りますからね」

江戸の町を噂が走る速さというのは、藤村たちはしばしば実感してきた。

「それは困ったな」

「下手人があがって、別にかぼちゃなんざたいした意味もねえってわかれば、そんな噂も消えるんでしょうが、まだ下手人はあがりそうもねえみたいで」

平吉はすこし不満げにそう言った。ことが起きれば、町人たちは一刻も早い解決を望むが、ひとつのできごとの全貌を明らかにするのは、けっして容易ではない。

「うむ。ところで、八百屋。あの、殺しに使われたかぼちゃは、どこで取れたかぼちゃかわかるか？」

「ああ。あっしも番太郎に見せられました。近頃、変わったかぼちゃが出回ったりもするが、あれはごくふつうのかぼちゃでした」

「そうか」

藤村はがっかりした。江戸では土地土地で名産品が生まれつつある。そのかぼちゃも名産品の一つであったら、下手人のいる方角の見当がついたかもしれない。

「ねえ、先生方……」

今度は先生ときた。

「どうにかなりませんかね。こちらのよろず相談は凄く効くと聞いたんで、相談してみようかと」

「おいおい、効くったって、わしらは膏薬《こうやく》でも、神さまでもねえぜ」

藤村が苦笑し、

「ううむ。難しい依頼だな」

夏木が腕組みをした。

「へえ。ご無理とは思いますが、もし、何かやれることがあったら、なんでもいいからやっていただきたいと。これはほんのお礼ですが」

と、かぼちゃを三つ置いていった。もちろん売れ残りである。それですこしでも客がもどったら、安いものだろう。

「どうだ、藤村。いまの依頼は？」

「いや、おいらもかぼちゃは事件を探るカギだろうと思っていたんだよ」

「ほう」

「だって、わきには石ころなどもあったんだぜ。それをなんでわざわざかぼちゃで撲られなきゃならねえんだ？」

かぼちゃはけっして軽いものではない。それを懐に入れたか、あるいは風呂敷にでも包んだかして、浜辺までやって来た。殺された男は、相手がかぼちゃを持ち歩いているのを知っていたのか？　ドスでも懐に呑んでいるのが見えたなら、こんな人けのない浜辺についてくることはなかったろうが、まさかかぼちゃで殺されることになるとは、夢にも思わなかっただろう。

もっともマヌケなつらをした凶器――そう思ったとき、一瞬、藤村はそこに禍々《まがまが》しい殺意がひそんでいるのを感じた。

「八百屋のしわざかね。意外に、いまの野郎、怪しいのではないか？」

夏木は立ち上がり、ここからは見えない八百屋のほうを眺めるようにして、そう言った。

「いや、八百屋ならしねえな。商売物で殺すなんてことは」

「かぼちゃの意味か……」

夏木がかぼちゃをぽんぽん叩きながら言った。中身が詰まっていそうな、堅くていい音がする。

「おいらはさ、何か、不気味さを感じるんだよな」

「わしは不気味さというより、愚弄している気がするな」

「愚弄か。なるほどな」

隣りの番屋で本所深川見回りの菅田万之助の大声がした。番太郎に異常の有無を訊ね、ないと答えればそのまま立ち去ってしまう。ぐずぐずしているようでは、広い本所深川である、何日かかってもなかなか回りきれるものではない。

「そうだ。あいつに訊いたほうが」

藤村は下に降りていって、菅田を呼び止めた。

「おい、菅田」

「ああ、藤村さん」

「ちっと訊きてえんだが……」

「どうぞ」

「まさか、やはりかぼちゃで殺されたとかいう事件がほかにあったりしねえよな？」

藤村の問いに、菅田はしばらく記憶の引き出しを探っているようだったが、

「おいらは知らないね。だが、南のほうで扱ったかもしれねえよ」

と、答えた。

「ああ、それは訊いておいたほうがいいかもしれねえぜ」

奇妙な事件なので、奉行所でもほかにないものと決めつけてかかっているのではないか。だが、もしも似たような事件があれば、共通することも見つかり、いっきに下手人に迫まることができるかもしれない。

「たしかにそうだな。わかりました。調べて知らせますよ」

菅田もかぼちゃの大事さに気がついたらしかった。


ちょうどそのころ——。

「あんた、大変」

音羽にいる櫛職人を訪ねて、もどってきたばかりの仁左衛門に、おさとが言った。

「なんでえ」

大変とかいう言葉を聞くと、どきりとする。もう大変なことなどは、自分の人生に起きて欲しくない気がする。

「おちさ さんが、家を出たみたい」

「なんだと？」

「朝、鯉右衛門さんが起きたら、いなくなっていて、書置きがあったんですって」

「おめえも見たのか？」

「見ましたよ」

「なんて書いてあった？」

「もう、この店は鯉右衛門さんにまかせて大丈夫だと思うって」

「大丈夫なものか」

仁左衛門が見てきた人間というのは、そうそうかんたんに生まれ変わるものではない。皆、ちょっと進んで、また逆もどりしての繰り返しである。危なっかしいやつは、いつまで経っても危なっかしいのだ。

「ほんとはすぐに叩き出したかっただろうに、ここに居ついてしまって、申し訳なかったと。だが、あんたの働きぶりや、客への応対を見て、ほんとに安心しました。ついては、約束どおり、ここから出ていきますって」

「なんてこったい」

「しかも、おちささんは、地道にやることの大事さは、あたしも教えてもらいました、と。だからそんなふうに暮らしていくので、探さないでくれと書いてました。かなりの覚悟をして出ていったみたいだよ」

仁左衛門とおさとは、箱崎町にあるかつての出店、いまは本店となった七福堂に行ってみた。

鯉右衛門は、店の前にいて、客に声をかけていた。その声は明るい。

客が去るのを待ち、仁左衛門とおさとは近寄った。

さっと表情がかげった。明るい顔は商売上のものだったらしい。

「おとっつぁん……また、騒ぎを起こして申し訳ありません」

「ああ。探すのはおとっつぁんにまかせな」

と、仁左衛門は言った。いざとなれば、藤村に力を貸してもらうつもりである。探索ならお手のものだろう。

「おちささん、実家は武州岩槻《いわつき》だったよね」

「たぶん、岩槻には行かねえと思う。このあいだのことで、親類筋にも迷惑をかけたんで、顔も合わせにくいって言ってたから」

「だからといって、もう芸者はやれねえだろうに」

と、仁左衛門が言った。そのくせ、おちさが芸者の格好で、三味線を弾く姿が目に浮かんだ。

店の商品の陳列が一段ときれいになっている。おちさが手間暇かけて並べ替えたりしたのだろう。

いかにも女らしい配慮を感じる陳列で、おちさが小間物のよしあしを見分ける嗅覚にすぐれていることをうかがわせた。

「おちさは、店の再建になくてはならない女だぞ」

と、仁左衛門は鯉右衛門に言った。

「はい。あっしもそう思います」

鯉右衛門は素直にうなずいた。

「おちささん、かわいそう」

おさとが泣いた。

四

もう、暮れ六つを過ぎていた。

それでも、ほうぼうにしがみつくようにして、かすかな明かりは残っていた。

藤村慎三郎は、永代橋の西詰めのほうに出ていた屋台のそば屋で、そばをすすっていた。いまから八丁堀の家に帰るつもりだが、おそらく夕飯はないだろう。加代は今日も香道の教授に出ているはずだった。

家でやる稽古もつづけているが、このところは出稽古の数が増えていた。無愛想な亭主とつらをつき合わせて晩飯を食うよりはまし、といったところなのだろう。

屋台の裏に隠れるようにして、そばをすする。かき揚げの天ぷらがあるというので、それを入れてもらった。コシがなく、そばの味よりはうどんの味がするが、それでも家でたくあんの味噌汁で食う飯よりは、はるかにうまい。

――ん？

前を女が通った。

すっきりと伸びた背。見覚えのある着物の柄《がら》。師匠の入江かな女だった。

いつも持っている句帖を手にしていた。

――夜になっても、ああして句をつくり、勉強しているのか。

たいしたものだと思った。女だてらに師匠の看板をあげ、男に頼らず暮らしていくということは、こうして不断の努力を積み重ねていくことなのだろう。

かな女は橋の上で立ち止まった。

欄干にもたれて、ぼんやり川の流れを見る。暗くて川面は見えていないはずだが、ときおり明かりをつけた船が行きかう。何か書きつけたが、それは発句ができたからなのか。

藤村は煙草を出し、そば屋から火を借りた。

一服終えて近づいた。

声をかけてもいいものか迷いがある。話をすると、つい康四郎のことを訊いてしまうかもしれない。かな女のほうでも、康四郎と何かあるのだとすれば、自分とはあまり会いたくはないだろう。

かな女が何か言っているようだ。頰杖をついているのかと思ったら、手を合わせているのだった。

耳を澄ませた。

それが聞こえてきたとき、藤村は背筋に冷たいものが走った。

かな女はこう言っていたのである。

「げむげむげむげむ……」

その翌日――。

「旦那。おひさしぶりで」

熊井町の番屋をのぞいたら、鮫蔵が笑っていた。腹とは正反対に歯だけは真っ白である。

「よう。深川に鮫が泳いでいねえと、どうも気が休まらなくてな」

「へっへっへ。旦那らしくねえ世辞だね」

「どうでえ、芝のほうは？　ずいぶん張り込んでいたらしいな」

「駄目でした。また、見失っちまった」

首をかしげながら鮫蔵が言った。

「あんたが、見失うなんてことがあるのかね？」

「やつらの怖いのは、ほかの宗派や、ときには神社にまで寄生することなんです。だから、見かけがわからなくなる」

「そんなこと、できるのか？」

「平気で教義を変えますからね」

「罰《ばち》が当たりそうだがな」

「誰が罰を与えるんだっていうくらい傲慢ですぜ。とにかく、やつらにかかると、親鸞も日蓮も道元も、皆、ただのくそ坊主ですから」

「耶蘇《やそ》なのか？」

「いや、耶蘇じゃねえんです。いちおう拝むのはお釈迦さまや観音さまだから。お釈迦さまたちも迷惑だと思いますがね。本当にお釈迦さまや観音さまを拝んでいるわけじゃねえんです。なにせ、息巻くことではあれに勝てるやつらはいねえ。徳川家には現世をまかせた。だが、来世をまかされているのは、このげむげむなのだとほざいてますので」

「大きく出たもんだな」

そんな教えにかな女が惹かれたというのが信じられない。まさか、鮫蔵には言う気になれないが。やはりあれは聞きまちがいだったと思いたい。

「ところで、あんたがいないあいだに海辺で殺しがあったんだがね」

「聞きましたよ。さっきまで、ここに萱田の旦那がいたんでね。つまらねえ女たらしが、かぼちゃで殺されたんですってね」

「そうなんだよ」

「旦那に言われて、萱田の旦那は南で扱った事件に、かぼちゃで殺されたものはないか訊いてきたそうです」

「何と言ってた？」

「なかったそうです」

「そうか」

がっかりした。ほかにも必ずありそうな気がしたのだ。

「あっしはさすがに旦那だと思いました」

「世辞はいいって」

「かぼちゃはねえんですが、じつはこの一年で、江戸に奇妙な殺しが相次いでいるんですぜ」

「奇妙な？」

鮫蔵の言い方は、これから化け物話でも始めようというようだった。

「頭に五寸釘を打たれて死んだ者が二人います」

「あ」

藤村は思い出した。同心を引退するすこし前である。たしか牛島神社の境内ではなかったか。それは北町奉行所の扱いだった。その一人しか知らないので、もう一人は南の扱いになったか、あるいは藤村がやめてから起きたのだろう。

「それと、夜中に寝床のなかにマムシを数匹入れられて死んだやつが一人」

「ひでえな」

どれほど腫《は》れあがって死んだか、想像すらしたくない。それも記憶にはない。

「そして、肥溜《こえだ》めに閉じ込められて殺されたのが二件。これは、千住と内藤新宿で起きました。奉行所の縄張りの外になるんで、知らない人がほとんどでしょう。これらは、いまだに下手人はあがっていません」

「ほう」

嫌な予感がしてきた。

「あっしは、かぼちゃで殺されたってえのは、このつながりなんじゃねえかと思ったんでさあ」

「なるほど」

「それでね、旦那。かぼちゃはともかく、釘とヘビと肥溜めの殺しの陰にちらついているのは、げむげむなんですよ」

「なんだと」

「殺された連中には、怨みを買うような理由はありました。五寸釘で殺された者はどちらも高利貸しをしていて、きびしい借金の取立てをしてました。その金を借りていた側がどうもげむげむの信者になったばかりだったようなんで」

「なったばかりねえ……」

げむげむの信者になれば、苦難から救われると言われる。その矢先、借金の取立てをしていた者が何者かに殺されてしまう。こんな都合のいいことはない。なりたての信者にしてみれば、ますます信じたくなるだろう。

「マムシを入れられたやつは、げむげむの教義を聞いて、激しくあざ笑ったりしたそうです。教義にさからう者には、ヘビの毒がくだされるのかも」

「嫌な罰《ばち》だな。肥溜めはどんな怨みを買ったんだい？」

藤村は、釘とヘビと肥溜めとかぼちゃの罰のうち、どれがいちばん嫌かといったら、この肥溜めだろう。こんなところに閉じこめられると思っただけで、吐き気がしてくる。

「それがいちばん難しいんですが、どうもげむげむの教祖の顔を見たか、あるいは正体をばらそうとしたか、どっちかのようなんです」

「教祖はわからねえのかい？」

それも不思議な話である。

「わからねえんです。若いきれいな女だという説もあれば、西国の雄藩の元お殿さまという説もあります」

「ちがうのか？」

「あっしが調べた限りではね。もしかしたら、教祖は死んでしまっているかもしれねえ。そうなると、逆に厄介なんですが」

「そうだな」

　と、藤村はうなずいた。生きている者なら、捕まえて罪を認めさせ、おとしめることもできる。だが、死んでしまっているのでは、現世の法では裁きようがなくなる。

「げむげむのやつらは、自分たちに都合の悪い者は信じられないくらい簡単に殺してしまうんです。相手が女だろうが、子どもだろうが、おかまいなしでさあ」

「あいつらが罪だと抜かすものの区分け次第で、使う凶器がちがうなら、かぼちゃの罪というのもあるんだな」

「話を聞いたところでは、女をだました罰がかぼちゃで頭を撲られるというところなんでしょう」

　と、鮫蔵はうんざりした顔をした。鮫蔵がそんな顔をしたのは、藤村は初めて見たと思った。

　おはまの店は、ずっと閉まったままだった。

康四郎と長助は、海辺大工町にある宣祥寺という寺の前のこの小さな髪結いの店を三日間張り込み、ついにしびれを切らして、大家を呼んで戸口を開けてもらうことにした。

このおはまの店は、おようからつながってきた。おようが筆屋の孝吉のあとをつけたところ、この店に入った。ここは髪結いのはずだが、ここの女に月代《さかやき》を剃ってもらい、髷《まげ》を整えてもらっていたという。

近所の者に訊くと、ここの女房はおはまと言い、髪結いをしているという。ただし、客はそうたくさんはいないらしい。

亭主がいて、熊三《くまぞう》という名のびいどろ細工の職人だった。無口で、ほとんど口を利かない。ただ、働き者で、この小さな店も、自分で働いた金で、おはまの願いをかなえてあげたのだという。

心張り棒がしてあった。では、どうやって出たのか？　窓からでも抜け出したか。粗末な腰高障子だから、外すのは簡単である。障子の一部を破いてそこから手を入れ、棒を取り払った。

「どこに行ったのかね」

大家は話しながら家の中に入った。康四郎と長助があとにつづいた。

「ん……」

大家の足が止まった。

おはまが、奥の部屋にいた。仏壇の前に座っていた。おはまは三日のあいだ、この家に物音も立てずに閉じ籠もっていたのだ。髪の毛が何度もかきむしったりしたようにそそけ立っている。頬がこけ、目ばかりがぎらぎらと不思議な生気を感じさせるように光っている。

「あんた、いたのかい?」

気がおかしくなっているのかと、康四郎は疑いながら訊いた。

「うちの亭主が人殺しをいたしまして」

「え」

「熊三が、あたしのところに来ていた貸本屋の新《しん》さんを殺しまして」

ここでは貸本屋の新さんだった。

「熊三はあたしと新さんとのことに気づいてしまいました。しばらく悩み、仏の助けにすがり、その教祖さまが、新さんを殺すように言ったのだそうです。女を騙すような腐った男はかぼちゃで頭を殴りつけて死なすがいいと」

「新さんというのは……」

康四郎は「嘘つきなんだぜ、あの男は」と言おうとした。だまされていたのだと教えてあげたかった。

「知ってます。詐欺師でしょ、あれは」

「知ってたのかい？」

康四郎は目を瞠《みは》った。ということは、知っててだまされたのか。そんなことってあるのだろうか――。

「熊三はね、立派な人だと思いますよ。真面目で、働き者で。けど、何もほめてくれないんです。おべんちゃらも言ってくれないんです。それは立派ですよ。でも、女として一度くらい歯の浮くような言葉でほめられてみたい。だまされるっていうのは、女としてぜひ味わってみたい体験だって思えてきたんです……」

同じようなことを誰かが言っていた気がした。もしかしたら、母の加代かとも思ったが、何かのときにかな女が言ったのだと思い出した。

「たとえ甘いものが滋養にならなくっても、女は甘い食べものが好きなんです。それといっしょで、たとえ口先だけだとわかっていても、女はやさしい言葉が欲しいんです」

かな女はそう言って、泣いたりしたこともあったのである。

康四郎は、なぜか急にかな女のことが心配になっていた。

鮫蔵と別れたあと、藤村は入江かな女のことが気になってたまらなくなった。

ゆうべ、永代橋の上で、かな女が川面に向かって何かつぶやいているのを聞いた。

それは、「げむげむ」という呪文のように聞こえ、思わず背筋を寒くして、そのまま踵を返してしまった。だが、いまにして思えば、あのときはっきり確かめればよかったと思う。

鮫蔵が長年、追いかけてきた怖ろしい邪教。それはいま、江戸市中で急激に信者を増やしているらしい。その魔の手が、藤村のすぐ近くまで迫っているのか。

――やはり、確かめるべきだ。

と、思った。そして、かな女が邪教の陥穽に落ちそうになっているなら、なんとしても引っ張り上げてやらなければならない。

かな女の家は深川の黒江町にある。

黒江川にかかる八幡橋を渡って、すこし一ノ鳥居のほうに行くと、左手にかな女の小さな一軒家はある。黒江川沿いに番屋があり、ちょっと大きな声をあげれば番屋に聞こえる。それが婆やを置くだけの女の一人住まいには安心だというのを聞いたことがあった。

かな女は犬も飼っている。二匹いて、一匹は狆《ちん》というおかしな顔をした犬で、家の中にいる。ところが、この犬はやたらと人なつっこく、知らない男にも尻尾を振るだけだという。現に、

「師匠。いますかい？」

と、藤村が声をかけても、鳴き声は聞こえてこない。

「はい。どなた？」

二階で声がした。

「藤村です」

「康四郎さん？」

「いや。おやじのほうで」

そう言って情けない気持ちになった。

「まあ」

下りてきて、かな女は目を見開いた。どことなくわざとらしい表情に見えた。

仏壇のわきに提灯が二つ飾られ、それに火が灯っているほかは明かりもない。薄暗いし、寂しい感じもする。

「おや、婆やがいたのでは？」

「あまり具合がよくないので、暇を取らせてくれと言われたんです。なかなかかわりの人が見つからなくて」

「そいつは物騒だ」

「ええ。犬も一匹は近頃、姿が見えないし、狆のほうは二階に上がると、階段を下りられなくなるし、とても番犬にはなりません」

かな女は二階を見上げながら言った。

「じつは、心配なことがあってな」

「そうですか。まず、お上がりください」

座布団を示され、言われるがままにそこに座った。

「ゆうべ、永代橋で師匠を見かけた」

「あら」

「声をかけようと思って近づいたら、なんだか呪文を唱えているようだった」

「聞かれちゃいました？」

と、かな女は言った。悪びれたようすはない。

「げむげむと聞こえた」

「はい。知り合いに言われたんです。寂しいときに、この呪文を唱えると、気持ちは楽になるって」

「そんな馬鹿な」

「ええ。駄目でした」

と、明るく言った。

「そうだったか。もしかしたら、げむげむの信者になったのかと心配してしまった」

「そんなに悪いことなんですか?」

かな女は意外そうに訊いた。

「全員がするわけではないんだろうが、人殺しまでするらしい。ずっとげむげむを追いかけている岡っ引きもいるくらいさ」

「でも、信者に悪い人はいませんよ」

「そうかい」

やはり、どこかでつながっているのかと心配になる。

「ええ。追いかけてる人のほうが悪かったりして」

鮫蔵のことである。下手すれば、鮫蔵がげむげむの引き立て役になってしまう。

「寂しかったんだと思います。前の男と別れてから」

「岩井五之助《いわいごのすけ》といったな」

売れない役者で、師匠の岩井半四郎と喧嘩をし、破門になって行方をくらましている。もう半年ほど経つだろう。

「十年、馬鹿な男と付き合うと、馬鹿な男が近くにいないと寂しくてたまらないときがあるんです。女を慰めるのが上手でした」

と、かな女が藤村に言った。女は口が大事か。たしか夏木もそんなことを言っていた。

「だろうな。実《じつ》のない言葉でな」

「実ってなんですか」

とがめるようにかな女が言った。

「え」

「女を嬉しがらせない実ってなんですか？」

言葉が出ない。

かな女は俳諧の師匠である。いわば言葉の専門家のはずである。そのかな女でも、浮《うわ》ついたおべんちゃらのような言葉にだまされるのか。俳諧の言葉は、磨きあげ、選びぬかれた言葉でなければならないと教えながら、一方で甘いだけの、なんの感興もこめられていない言葉にだまされてしまうのか。夏木が言っていたように、女はそういうものなのか。

かな女が藤村を見つめていた。仏壇の提灯の光が、切れ長の瞳に映っている。

「こうだよ」

藤村は手を伸ばし、かな女の肩を引き寄せ、ぐっと抱きしめた。

「あ」

かな女は小さく叫んだ。

提灯を映した瞳が大きく見開かれ、藤村を見ていた。

その顔に唇を押し当てようとした。

だが、かな女は顔を逸らした。

「実というのは……」

藤村は何を言いたいのかわからなかった。だが、この思い、ずっとかな女に対して抱いてきた思いこそが、実なのだと思った。

がたっ。

と、後ろで音がした。

思わず、音のしたほうを見た。

若者が呆然と立っていた。

若者は藤村康四郎だった。

康四郎だと気づいたかな女は、さっきは逸らした顔を、藤村に近づけた。口を吸われた。女の気持ちはやはりわからない。

「くそっ」

康四郎がそう吐き捨てるように言って、外に飛び出して行った。


小間物屋の良さんこと、筆屋の孝吉こと、貸本屋の新さんの本当の名前がわかったのは、三日ほどしてからだった。

この男の本当の名前は、善太《ぜんた》といい、つい数年前までは浅草の新堀川に面した金昌寺の寺男をしていた。

突き止めたのは鮫蔵である。初秋亭にも知らせに来てくれた。

「よく突き止めたな」

と、感心する藤村に、

「なあに、遺体が持っていた数珠が相当使い込まれたものでね、それにこの野郎は女たらしだけど、バクチや脅しといった荒っぽいことはしていねえ。それに、だまされた女どもに聞いたところでは、意外に本をよく読んでいて、かなりの教養もある。そこで、寺に目をつけましてね……」

ここらは、鮫独特の嗅覚というものだろう。これを身につけるには、素質に恵まれるだけでなく、相当な経験も必要になる。

「寺といっても、こっちの寺町じゃねえ。といって、それほど遠くからは来ていねえはず。それで、下っ引き連中に人相書を持って浅草界隈の寺を当たらせましてね。そう難しくはなかったですよ」

三日でわかったのだから、たしかにそうなのだろう。だが、鮫蔵だからできたことで、凡庸な岡っ引きなら永遠に見つからない。

「善太は、どういう男だったのだ？」

と、夏木が訊いた。

「なあに、親の代からの寺男で真面目な人間でした。住職は、一昨年、突然いなくなったときからずいぶん探していたそうです。途中、見かけた者があったりしたので、死んではいないだろうと思ってましたが、飛び出したときのことが心配だったので、ひどく気になっていたということです」

「飛び出したとき？」

訊いたのは夏木だが、藤村も仁左衛門も耳を傾けている。鮫蔵の表情になにか切羽詰まったような表情を感じたのだ。

「その日、寺で葬儀があったんだそうです」

寺で葬儀があるのは当たり前だが、誰もそんなことをまぜっ返したりしない。

「死んだのは近くの寺子屋の師匠の京太郎《きょうたろう》という男で、善太とはちょうど歳も同じ三十三でした。二人は幼いときからの知り合いで、善太はときどき、勉強を教わったりもしたそうです。京太郎はとにかく真面目で、自分の寺子屋から立派な人間を世の中に送り出すことだけを楽しみに生きている男でした」

「そうかい」

藤村が頭を掻いた。立派な人間の話というのは、居心地の悪さを感じさせる。

「その京太郎が、雨の日に川で足を踏み外して、あっけなく死んでしまったんです。善太はかなり衝撃を受けたらしくて、葬儀のときには腑抜けのようになっていたそうです。そのとき、住職は善太のつぶやきを耳にしたそうです。こつこつと、誰にも後ろ指をさされないように過ごしても、こうしてぽっくり死んでしまうのも人生か……と」

「そりゃあ、誰しも思うよな」

と、仁左衛門はうなずいた。

「まったくです。だが、善太にしてみたら、よくよくの衝撃だったらしい。おそらく、野郎が口先だけの、女をだまして生きるような道を選んだのは、そこからなんでさあ」

「そう古いことではないのだな。生まれついての嘘つきでもないし」

と、夏木が感心したように言った。

「そうなんです。住職に、善太は近頃はこういう生き方をしていたと言ったら、信じられないと愕然としてましたよ。口の重い、女にもうぶで、悪所にもほとんど行ったことがないような男が、そんな女をだまして生きていくような男になるわけがないとね。そんなに信じられねえことですかね」

鮫蔵は皮肉な笑みを浮かべた。

「いいや、おいらには信じられるぜ」

と、藤村は言った。

夏木と仁左衛門は何も言わず、首をひねっている。

「旦那とあっしはいっしょだ」

「人間てえのは変わらねえやつもいる。いつまで経っても、子どものときのまんまで、いいところも悪いところもまるで同じってやつもいる。だが、まるっきりちがってしまうやつもいる。素朴で善良だったやつが、二十年後に信じられねえような極悪非道の人間になっちまうこともある。その逆もある。どうしようもねえ、箸にも棒にもかからねえようなくだらぬ若者が、目を瞠るような惚れ惚れする人間になっていたりもする。わからねえんだ、人間てえのは。だから、毎日、墓石を磨き、草をむしっていた男が、ある日、突然ぺらぺらとよくしゃべり、口先で女たちをとろかしてしまう男になったとしても、何の不思議もねえ」

「旦那とあっしは、嬉しいくらいに考えることが似てますぜ」

鮫蔵が白い歯を見せて笑った。

藤村は、考えることは似ていても、その気味の悪い笑いは似たくないと思った。

「それで、善太を最後に待っていたのが、堅くて大きなかぼちゃだったというわけか」

と、夏木はつぶやいた。

「ああ、さっきも味噌汁に入れて食ったがね」

と、仁左衛門が昼飯を思い出した。

「うまかったですかい？」

と、鮫蔵が訊いた。

「ああ、うまかったぜ」

答えて、藤村はうまかったことがなんだか不思議なことのような気がした。


その翌日――。

「おい、駄目だ。死ぬんじゃねえぞ」

欄干の上の男を、皆が必死で止めていた。おはまの亭主の熊三だった。家にもどってくるつもりだったのか、永代橋を渡ってきたところを、鮫蔵が目ざとく見つけた。いっしょにいた本所深川回り同心の菅田万之助や藤村康四郎が急いで取り押さえようとすると、熊三はいきなり欄干を跨《また》いだ。

「ちっ。一目、おはまの顔を見てから首を吊ろうと思ったけど、どうやらげむげむさまはそんな必要はないとおっしゃってくれてるらしいや」

そう言って、自分の首に縄を結んだ。

「熊三。死ぬなって。な。生きていたら、必ずいいことがあるって」

鮫蔵がめずらしく猫撫で声を出していた。

熊三を押さえたら、そこからつながってくる連中がある。なんとしても生かしておかなければならない。

だが、熊三は首を縛った縄の一方を今度は橋の欄干に結んだ。あとはひょいと足をずらすだけで、身体は墜落し、熊三の首の骨が破壊される。

「わかるぞ、熊三。おめえの気持ちはおいらにもわかる」

と、菅田万之助も言った。言いながら菅田は、そっと永代橋の下を見た。

橋の下には船がとめられ、身の軽い長助が、橋桁をよじのぼってきているらしかった。鮫蔵の目の合図で長助がしたことだった。ぎりぎりのところまで近づいて、熊三が首に結んだ縄を、刀で切ってしまう。そうすれば、熊三はたとえ川に飛び込んでも、命は救えるはずだった。

それまで、なんとしても熊三を引き止めておかなければならなかった。

「よし、わかった。熊三」

と、鮫蔵が白い歯を見せて言った。

「なんだい？」

「まず、酒を飲もう」

「酒かい」

一瞬、熊三の顔が和らいだように見えた。

「そうだ。そこのすぐ近くにな、海の牙という飲み屋があるんだ。うまい酒を飲ませる。とびきり活きのいい魚を食わせてくれる。そこで一息入れよう。おめえも疲れてるんだ。わかるよ」

言いながら鮫蔵は自分を笑いたかった。

いつもなら、「死にたきゃ死ねよ。早く死ねよ。見ててやるからよ」それが鮫蔵のやり方だった。

その鮫蔵が懇願しているのだ。

菅田がまた、下をのぞいた。

長助はもうそこまで来ていた。あとすこしだった。

そのとき――。

「へっ。あいにくだったたな。げむげむ」

熊三はそれだけ言って、ひょいと宙に身を躍らせていった。

第五話　仙人の芸

一

その男は、初秋亭の前に立って、

「山城《やましろ》屋の手代で、円蔵《えんぞう》と申します」

と、名乗ると、ひとつ大きなため息をつき、泣きそうな顔になった。歳のころは、三十代半ばあたり、いかにも律儀そうな奉公人といったようすである。

「どうしたい？」

藤村慎三郎は、いったい何を言い出すのかと不安を覚えながら訊いた。

「じつは、手前どもの若旦那が義太夫《ぎだゆう》に凝《こ》りまして……」

と、そこまで言っただけで、

「ああ、なるほど」

「あれだな」

と、藤村と夏木は顔を見合わせ、おおまかなところは見当がついたというふうにうなずき合った。

義太夫というのは、浄瑠璃の一派で、大坂の竹本《たけもと》義太夫が始めたとされる独特の節回しなのだが、どういうわけかこれにとりつかれたように凝ってしまう人たちがいるのだ。

押しつぶしたような声で、唄うというよりは唸るといったほうがいい。それで、『蘆屋道満大内鑑《あしやどうまんおおうちかがみ》』だとか『妹背山婦女庭訓《いもせやまおんなていきん》』といった長くて教訓に満ちた物語を、延々と語って聞かせるのである。

これくらい、うまい下手がはっきりする芸事も珍しいかもしれない。

うまい人が語れば、独特の哀調に満ちた物語に惹き込まれていくのだが、下手な人が語ると、これほど聞くに堪えない苦しいものもない。吐き気がしてくる人がいたり、目を回す人まで出たりする。

ところが、なぜかこの難しい芸を、難しいと言われるからなのか、下手な素人がやりたがるのである。

それが、店の手代だとか、長屋の隠居あたりだと、

「うるせえ」

と、怒鳴りつけられるのが落ちなのだが、これをやるという人はたいがい、大店のあるじだとか、あるいはいまの話の若旦那、夏木のような旗本の当主、家作をいっぱい持った家主といった人たちだったりする。すなわち、他人に聞く苦しみを押し付けられる人がとくに、この義太夫をやりたがるというわけである。

「唸るんだね？」

と、藤村が訊いた。

「唸るのです。延々と。それをわたしども手代と、小僧とが聞かされます」

「どれくらいの割合で？」

「月のうち、八のつく日がこれに当てられています」

「月に三度ですか。それは大変だ」

「大変なんていうものではありません。地獄です」

「やめてくださいと言える人はいねえのかい？」

「言いました。わたしが。出ていけと言われるのを覚悟で」

「聞かないのかい？」

「というより、理解できなかったようなのです。たとえば、親孝行はやめにしろとか、お客を大事にするのはいけないと言われたような気がしたみたいです。自分は皆のためにいいことをしているのに、こいつはその素晴らしさがわからないやつなのだと、思ったみたいです」

「ははあ」

「だから、今度の会では、わたしをいちばん正面に座らせて、自分の素晴らしい義太夫をみっちりと語ってあげようと」

「うわあ、それはたまらぬな」

夏木が顔をしかめた。だが、どこかにすこし笑いがある。かわいそうではあるが、滑稽な場面でもある。

「ま、それは仕方がないと諦めているのですが、ただ、若旦那を調子づかせている連中がいて、そいつらをなんとかできないものかと思っているのです」

「その連中とは？」

と、藤村が訊いた。

「義太夫の符丁で、高慢な天狗になったやつのことを仙人というんだそうです。その仙人の集まりなので〈大江戸仙人組〉と名乗っているやつらです」

大江戸仙人組とはまた、ふざけた名前である。

「ほう。何人くらいいるんだい？」

「ざっと、七、八人といったところです」

そうたいした数ではない。

「みんな町人なんだろ？」

「はい。それも、義太夫に凝って、店をつぶしたり、勘当になったりした若旦那がほとんどだそうです」

「店がつぶれた？」

「それはつぶれますよ」

手代の円蔵は、当然だというようにうなずいた。義太夫の凄さを知った者なら理解できる結末らしい。

「だが、義太夫を取り上げるのは難しいだろう？」

と、夏木が言った。趣味などというのは、禁じられるほど燃えるというのは、夏木自身しばしば経験してきた。

「五日後に迫った十八日には、近所の人から取引のある店の人などおよそ二百人ほどを招待して、大きな会を催すというのです。その二百人は店の将来を左右するかもしれない人たちです。ですから、それだけはなんとしても止められないかと思いまして」

手代の円蔵は泣きそうな顔でそう言った。

とりあえず、それがどれだけひどいか。いまは毎晩、稽古をしているというので、それを聞きに行くことにした。

仁左衛門が遅れてやって来たので相談し、夏木は病のことがあるので、外《はず》したほうがいいとなった。そんなにひどい義太夫なら、病がぶり返しかねない。

藤村と仁左衛門とで聞きに行くことにした。

山城屋というのは、深川佐賀町にある大きな布団屋で、もう何代も前からここで商売をしてきた老舗《しにせ》である。

手代の円蔵を呼び出すと、

「こっちです」

と、店の奥に案内された。若旦那の隣りの部屋には、昨年まで中風《ちゅうぶ》で右半身をやられた大旦那が寝ていたが、若旦那の義太夫の稽古が始まってからは、二階のちょうど反対側にあたる部屋に移ってしまったという。

そこに入れられた。

若旦那の稽古はすでに始まっていた。

ベンベンベンベン。

と、三味線が鳴り響いた。

この三味線がまた、ひどい。どうも糸の調子がおかしいのではないか。

「三味線は誰が？」と、藤村が小声で訊いた。

「これも若旦那がなさってます」

と、円蔵がやたらと汗を噴き出させながら答えた。

「すごいな」

と、仁左衛門も唸った。


〽妻は衣服を改めて、しほしほと奥より出で、臥したる童子を抱き上げ、乳房をふくめ抱きしめて、言わんとすれどせぐりける……

どうやら『蘆屋道満大内鑑』らしい。いわゆる『子別れの段』である。信太《しのだ》の森の白狐が、人間と契《ちぎ》って子を生《な》すが、やがて別れがやってくる。

〽我は誠は人間ならず、六年以前信太にて、悪右衛門に狩り出され、死ぬる命を保名殿《やすな》に助けられ……

噂にたがわぬ凄さで、これを他人に聞かせるよう勧めるというのは、何かよからぬ悪だくみがあるとしか思えない。

その大江戸仙人組を調べることにした。

二

まずは数日のあいだ、藤村と仁左衛門とで、仙人組がぶらぶらするようすを、じっくりと眺めることにした。それで、若旦那に下手な義太夫を勧めるわけが見えてくるかもしれない。

仙人組の連中には決まってたむろする場所というのはないらしい。仲間うちの誰かの家に集まったり、飲み屋や水茶屋、あるいは湯屋の二階で暇をつぶしたりと、なりゆきまかせなのだ。

始終、出たり入ったりはしているが、総勢はせいぜい十人ほどだろう。皆、二十代くらいで、なかにはまだ少年の面影を宿したような若者もいる。

顔つきなどをよく眺めていると、やはり、どこかしら拗《す》ねたところはある。義太夫好きが高じて、身を持ち崩した。

店をつぶした者。勘当された者。そこまではいかないが、家に居にくくなってしまった者もいる。

そんな連中が、義太夫好きの若旦那を見つけては、みんなで有頂天にさせているというわけである。

「でもよお、あいつらけっこうに飲み食いをしているけど、どこから金が出ているんだろうね」

と、仁左衛門は言った。金のことなどは、藤村にはなかなか思いつかない。商人の仁左衛門だからこその疑問である。

「あ、たしかにそうだな」

「もとは大店の若旦那なら、金に不自由はしなかっただろうが、いまは別だろ」

「勘当した息子にこづかいをやってる馬鹿なおやじもいねえだろうしな」

「金はどうしているんだろう？」

たしかに不思議だった。

いくらあとをつけてみても、働いたり、金を稼いだり、あるいは誰かに金を無心したりといったこともなさそうなのである。

「山城屋の若旦那からせびってるってことは？」

「それはないみたいだぜ。だいたいが、金蔵《かねぐら》のほうは、まだあの倒れたおやじがしっかり握っているらしいから」

——どうなってるんだ？

今度の依頼を解決するには、そのあたりが鍵になりそうだった。

藤村慎三郎はひさしぶりに家に帰った。

ところが、居心地が悪い。自分が疚《やま》しい気持ちを抱いているからというのもあるが、加代もろくろく返事すらしない。

「康四郎は？」

「まだですよ」

このところ、毎晩、遅いらしい。

仕事がそう大変とは思えない。昨日、萱田とちらりと話したが、近頃はとくに目立った事件はありませんなあと暢気なものだった。

「お前さまが叱ってくれたらよろしいのに」

「もう、大人だもの。うるさく言ってもしょうがねえだろうが」

藤村は寝ることにした。

康四郎は夜中に帰ってきた。戸を開けるのに、近所中に聞こえるような大きな音を立てた。

ひどく酔っ払っている。

「父上の馬鹿野郎」なんぞとわめいている。

「どうして父上が馬鹿なのですか？」

と、加代が訊いた。

ハラハラして、いたたまれない。

かな女と抱き合ったところを、康四郎に見られた。だが、康四郎が飛び出したあとに、かな女は藤村を突き飛ばし、二階に駆け上がってしまったのである。かな女は、康四郎に見せようとしたのだ。それからは何か話したわけでもないし、かな女とも会っていない。

――まいったな。

このままでは句会にも行きにくい。どのツラ下げて、挨拶し、発句なぞつくれるものだろう。

――明日、仁左にでも相談してみるか。

倒れる前の夏木ならともかく、いまの夏木では叱られそうな気がしたのだった。

この日も――。

藤村と仁左衛門は、仙人組を見張っていた。今日は朝から油堀の下之橋のそばにある水茶屋に座って、だらだらと看板娘をからかっている。

水茶屋へ来ては輪を吹き日を暮らし

という川柳でもおなじみの光景である。

馬鹿ばかしいが、金の出どころを探るには、とりあえずはこうして張り付くしかない。

ぼんやり連中を眺めるうち、

「じつはさ、仁左、なんとも言いにくいんだが」

と、藤村がぼそりと言った。その口調が、いつもの藤村とはまるでちがって、なにやら自信なさげであったので、仁左衛門は思わず藤村の顔を見つめてしまった。

「なんだよ、藤村さん。水臭いな。早く言いなよ」

「入江かな女のことなのさ」

「師匠がどうしたんだい？　あ、まさか」

「ううむ」

「できちまったのかい？　隅に置けねえなあ」

「そうじゃねえ。そうはっきりしていれば言いやすいんだが、要するに口説《くど》こうとしてしくじった」

藤村はむっとして言った。

「ふうん。しくじったのかい？　あっしはうまくいくと思ってたがね」

「馬鹿言え」

「ほんとだよ。あっしは、師匠は藤村さんに思いを寄せてると見てた。たぶん、夏木さんも同感だと思うよ」

「だが、しくじったんだから仕方がねえ。しかも、もっとまずいのは、うちの倅もかな女師匠に思いを寄せている」

「そりゃあ凄いや」

「もしかしたら、康四郎のほうはうまくいってたのかもしれねえ」

だが、このあいだの夜のことで、雲行きはだいぶ変わったかもしれない。我ながら面倒な事態にしてしまったと悔いる気持ちも出てきている。

「ええ？　てことは、藤村さんへの好意と見えていたのは、康四郎さんの父親だから感じていた好意だった？」

「そうかもしれねえ」

本当にそうだったかもしれない。としたら、とんだお笑い草である。

「驚いたねえ」

「だが、それも確実な話じゃねえ」

「なるほど。それで師匠の気持ちをあっしに訊いてもらいてえと」

「みっともねえ話だが、てめえのことは訊けても、倅のことは訊けねえ」

「そりゃそうだろうね。いいよ。あっしが訊くよ」

本当は嫌な役割だろうに、軽く引き受けてくれた。古い友だちならではだろう。

「すまぬ」

「なあに、これもよろず相談のひとつだよ」

一安心したところで、仙人組の連中が動き出した。

ぞろぞろと永代橋のほうへ歩いていく。

──おや？

一人だけちがう類《たぐい》の男がいる。着物の着こなしがちがう。ほかの連中はぞろぞろっという感じに着ているが、この男だけだらしなさを感じさせない。しかも、歩きかたがしゃきっとしている。元若旦那たちとちがって、仕事で鍛えられた感じがする。身体つきだってちがう。しまりのない若旦那たちに比べて、筋肉に張りを感じさせる。

──なんであんな男が？

藤村は気になった。

三

その夜のうちに──。

仁左衛門は黒江町にあるかな女の家にやって来た。

「あら、大家さん」

かな女はたまに、仁左衛門をそう呼ぶ。昔、七福堂の家作に店子として居たことがあるからである。いまは、その家作も失ってしまったが。

「いいかい?」

「ええ」

と、上にあげてくれた。女に人気がある落雁の手土産を渡し、そっとかな女の顔色をうかがう。

やはり、元気はない。

「なにか？」

「うん、ちょっとね……」

話の持っていきかたが難しい。

「もしかして、藤村さまに頼まれなすった？」

かな女のほうが言い出してくれた。

「わかるかい？」

「はい。あたしが馬鹿だったから」

「男と女のことには、馬鹿も利口もないのさ」

と、仁左衛門は言った。それは本心である。

「すべて、あたしが寂しさに耐えられなかったのがいけないんです」

「それはしょうがないさ。起きたことなら、どこかでけじめをつければいいことでね」

「はい」

と言って、かな女はうつむいていた顔を上げた。そういう決意でいたのではないか。

「藤村さんは、師匠は康四郎さんと付き合っていたのかもしれねえと？」

「はい。付き合ったというか……康四郎さんがわたしのところに入門してくれたり、釣りや京料理のおいしい店に誘ってくれたりして……」

康四郎も意外にやるものだと、仁左衛門は内心、感心した。

「それで、康四郎さんがここに来ているとき、ちょうど地震があったりして……歳がずいぶん上なのに、ほだされかけました」

「そうなると歳なんざ関係ねえもの」

仁左衛門は自分でも娘のように若いおさとを嫁にしている。

「でも、いざ付き合ってみると、やはり何かちがう気がして」

「ちがう？」

「あたしの前の男は馬鹿でした。その馬鹿さ加減に、あたしがなじんでしまったのかもしれません。康四郎さんは若さからくる無鉄砲なところはありますが、やはり根は真面目だし、賢い人なんです」

「なるほどね」

前の男が岩井五之助という売れない役者だったことは、以前、藤村から聞いていた。才能はあったが、結局、腰が据わらず、破門されて、江戸からも姿を消したらしい。

「康四郎さんとはもう付き合いません。発句のほうも、あたしが別の師匠を紹介して、移ってもらうことにします」

かな女はきっぱりと言った。

康四郎は若い。失恋はいい経験であり、それは多ければ多いほどいいと、五十過ぎた男なら誰でも言えるはずである。

「わかったよ。では、藤村さんのほうはどう思ってるんだい？」

「藤村さまは頼りになるし、物事の判断のしかたが大人だなと思います」

「そうだね」

仁左衛門もそう思う。とくに危険が迫ったときの判断力は、長年の仕事で鍛えたものかと思える。

「でも、康四郎さんと恋仲になりかけて、今度はそのお父上となんてことはわたしにはできません」

「そりゃそうだね」

と、仁左衛門はうなずいた。それがまともなけじめというものだろう。だが、それをどうやって藤村に伝えよう。

藤村は若くない。康四郎とは反対に、失恋はいい経験にはならず大きな痛手になるだけだろう。夏木にいたっては、それが原因で身体まで壊してしまった。だが、伝えないわけにはいかないだろう。

「なあに、康四郎さんも藤村さんも大丈夫だよ。それより、師匠、あんたは大丈夫かい？」

「はい。いろいろ考えましたが、いまのあたしの寂しさ、いえ、寂しさよりも深くなった虚しさを救ってくれるのは……」

「やはり、発句しかない？」

「いえ、発句は大切ですが、それより大切なものは、やはりこの世のものではない、御仏《みほとけ》の教えのようなものではないかと思ったんです」

「ああ、信心かい」

「はい」

「信心はいいこった」

「七福さまも何か信心を？」

「いや、あっしはいい加減な男だからね、通りすがりの神さまやご先祖さまに手を合わせるくらいだが、それでも信心はいいことだと思うよ」

「ほんとにそうですよね。あたしも心が洗われるような思いも初めて体験しました し、自分の中に慈愛の心があったのだと嬉しく思ったりもしました」

「それなら、安心だ。じゃあ、藤村さんのほうにはあっしから言っておくよ」

「本当にありがとうございました。もしも、句会に来にくいようでしたら、師匠を替えていただいても」

「馬鹿言っちゃいけねえ。あっしらは大人だよ。ちゃんと何もなかったような顔で出さしてもらいますよ」

「ありがとうございました」

と、かな女は深々と頭を下げた。

ふと、仏壇を見ると、奥のほうに新しいお札のようなものが貼ってある。仏壇の奥にお札を貼るかなと目を凝らす。それに「下無」という文字が入っているのが見えた。「下無」って、まさか鮫蔵が追いかけているという「げむげむ」じゃないよな。あれは、たしか解無解無と書いていたし……そう思って、そのことはすぐに忘れた。

翌日――。

仁左衛門は仙人組を見張りながら、藤村にゆうべのことを伝えた。

「諦めるしかねえみたいだ」

「そうだろうな」

以前、夏木に小助の気持ちを伝えたときほどではないが、やはり藤村の顔にも落胆がにじみ出た。まだ水練に夢中だった少年のころも、藤村はたまにこんな顔をしていた覚えがある。少年の日の落胆と、大人になってのそれと、心が受ける傷はどれほどちがうのだろう。

「康四郎さんとはしばらく付き合ったらしいが、もう別れるそうだ」

「おいらのせいかね」

だとしたら、康四郎にはすまないことをしたことになる。

「そりゃちがう。やはり、康四郎さんとはうまくいかねえって思ってたみたいだよ。康四郎さんには、師匠のほうから告げるだろうさ」

「そうか。まあ、仕方がねえわな。おいらにはそうそう期待したようなことなど、起きるわけがねえってことだ」

「ま、そう言ってしまうと、夢がなさすぎるがね」

仁左衛門は自分まで失恋したような気になってしまう。

「おい、それより仁左、やつらが動き出したぜ」

今日も下之橋そばの水茶屋にたむろしていた仙人組が、仲間の報告があったらしく、いっせいに立ち上がった。

十間ほど離れて、藤村と仁左衛門もあとをつける。まさかこんなおやじ二人が尾行しているなどとは思わないだろうから、変装も何もしない。

向かったのは、山城屋と競う一色町の秋田屋という老舗の布団屋だった。

ここの若旦那らしき男を店先に呼び出し、話をしている。

そっと近づいて話を聞いた。

「山城屋が落ちぶれたら、あんたのところも売上げは伸びるだろうな」

「そりゃあそうだが、あそこは老舗だからね」

「それがさ、あんたのところのしわざとはまったくわからず、山城屋を落ち目にさせる方法があるといったら？」

「そんなのがあれば……金がかかるんだろ」

秋田屋の若旦那は乗ってきた。

「それがそうでもない。まあ、多少の礼金はいただくよ。でも、山城屋の売上げをいただけると思ったら安いものさ」

「どうするんだい？」

「あそこの謙二郎《けんじろう》っていう若旦那が、義太夫に凝ってるのは知ってるかい？」

「ああ、そうらしいね」

「ところが、下手なことといったら、店の者がうんざりするほどなのさ。だが、おれたちが寄ってたかって、謙二郎の義太夫をほめそやすのさ。謙二郎は図《ず》に乗って、月に何度も義太夫の会を催す。これをやられてみなよ、どんだけ辛いか。手代や小僧たちはうんざり。たび重なれば、仕事にも差し障る。客あしらいも悪くなる。どうもあの店はよくない。こうしてだんだん落ち目になるってわけ」

「なるほどなあ。でも、そんなに都合よくいくかね」

「いくんだな、これが。おれの名は長二郎《ちょうじろう》ってんだが、三月前までは伊勢崎町にあった仙台屋という薬種問屋の一人息子だった」

「あ、あんた……」

「そう。義太夫に凝って店をつぶした馬鹿息子。聞いたこと、あるだろ、噂は？」

「そうか、あんたが噂の……」

これで秋田屋の若旦那も本気になったらしい。

それはそうである。こういう自らが身上《しんしょう》をつぶした人が、経験を生かしてくれるというのだから効果も期待できる。

ひそひそと金の相談が始まったとき――。

聞いていた藤村に誰かが気づいた。

「あいつ、たしか元定町回りの……」

「同心かい」

「同心が何してんだよ」

仙人組が取り囲んだ。殺気というほどではないが、無鉄砲な若者の威圧感は伝わってくる。

藤村はゆっくり道に出た。

仁左衛門も緊張した顔で、藤村の後ろを警戒してくれる。

刃物を持っていたりすると厄介だが、毎日、義太夫を唸るだけのだらけたやつらよりは、鍛えた身体は動いてくれるはずである。

「なんだよ、てめえ」

と、藤村の胸倉をつかまえようと伸ばしてきた手を、逆にひねりあげた。

「いててて」

「おめえらのやり口はわかったよ。自分たちのしくじりを繰り返させて何が面白いんだ？」

「面白いよ。こいつも馬鹿なんだってわかるもの」

と、手をねじりあげた男ではなく、仙台屋の長二郎と名のった男が答えた。

「だが、おいらは山城屋の手代に頼まれたんだ。おめえらの思うようにはさせねえぜ」

「余計なお世話だろうが」

「だいたい、おめえらのやってることもそのまま罪にならねえとでも思ってんのか。大好きな義太夫を、牢屋のなかで唸る羽目になるぜ」

「それは勘弁してくださいよ」

「じゃあ、おめえらの魂胆を山城屋に来て、全部、語ってもらおうかい」

「わかりましたよ」

と、頭領格らしい元仙台屋の若旦那長二郎がうなずいた。

「じゃあ、あっしの義太夫をほめたたえたのは、この山城屋がつぶれるのを見るのが面白いから？」

山城屋の若旦那謙二郎は、怒りに拳を震わせながら訊いた。

「そういうことだよ。おれたちも、みんなそれでしくじったんでね。あんたも同じしくじりをすれば、みんな同じ馬鹿なんだと思えるだろ」

「じゃあ、あたしの義太夫は？」

「ひどいね。とても聞けたもんじゃない」

「ひどくなんかない」

子どものように怒った。

「いや。それはおれたちのほうがうまいさ」

「あたしのほうがうまい」

意固地になっている。

藤村と仁左衛門は、

「しまった」

と、顔を見合わせた。これでは元の木阿弥《もくあみ》になりかねない。

「じゃあ、明後日のここでおこなうことになっている義太夫の会はやっぱりやらせてもらう」

と、若旦那が宣言した。

手代の円蔵がぎょっとしたような顔をした。

「それで、あたしはきっぱり義太夫から足を洗います。同時に、その会ではこの人たちにも義太夫を語らせます。それで、客にどっちがうまいかを判断させます」

「そいつはけっこうだね」

と、仙人組も受けて立った。

こうして、二日後の義太夫の会は予定どおりおこなわれることになってしまったのである。

四

当日は——。

大勢の客が予定どおり集まった。

一階の奥のほう、十畳間、八畳間、十畳間の三部屋の襖を取り払い、語り手の席を床の間に取った以外は、ずらりとお膳を並べ、それをはさむようにぎっしり客を詰め込んだ。客の数は、およそ二百人あまり。とても部屋には入りきらず、廊下にまで立ち並んだほどだった。

もちろん、若旦那の義太夫には誰も期待などしない。皆、義理と付き合いでやって来ている。ただし、会はごちそうも用意され、酒は飲み放題だというので、義太夫のほうはわからないよう耳に綿でも入れてくれれば大丈夫だろうということになっていた。

最初に仙人組の代表が唸り、次にここの若旦那が唸る。

どっちがいいかは、紙に書いて箱に入れる。誰がどちらを選んだかはわからないから、公正な選び方といえる。

仙人組の代表は、仙台屋の前の若旦那が出てきた。だいぶ緊張しているらしくて、かなり青ざめている。

こちらは『大江山《おおえやま》酒呑童子《しゅてんどうじ》』の一部を唸りはじめた。

「こりゃあ、ひどいな」

「ここの若旦那まで耳が持つかなあ」

などと囁く声がほうぼうで上がった。

そして、ついにここの若旦那の登場となった。

〽恋しくば、尋ね来て見よ和泉《いずみ》なる、信太の森のうらみくずのは。

さては一首のかたみを残し……

奏でる三味線の音色はいちだんとひどく、若旦那のいつにもまして甲高い声がきりきりと、お客の耳に突き刺さっていくと、

「うわっ。こ、これは人間の声か」

「まいったな。命にさわるぞ」

と、とてもまともには聞いておられず、身をよじり、なかには激しく貧乏ゆすりなどを始める者もいた。

つまり、二百人の人間がいっせいに身体をよじったり、ゆすったりした途端《とたん》──。

ばりばりばり。

どっさーん。

凄まじい音がして、家中がゆらぎ、傾《かし》いだ。

「地震か」

ろうそくが倒れ、真っ暗になったなかで、悲鳴や騒ぎが渦巻いた。埃が舞っているらしく、何か言おうとすると咳き込んでしまう。

「早く明かりを」

小僧か手代がろうそくを持ってやって来ると、会がおこなわれた部屋は、畳が持ち上がったり、波打っていたり、凄まじいことになっている。

ようやく何が起きたのかわかった。

二百人の重みに家が耐えかね、床下が壊れ、床が落ちたのだった。しかも、その衝撃で二階も崩れてきそうで、ぎしぎし音を立てている。

「ここは危ない。二階が落ちるぞ」

「うわっ。逃げろ」

皆、いっせいに表のほうに逃げ出していく。

——ん？

藤村が足を止めた。仙人組の一人、あのほかのやつらとすこしばかり毛色のちがった若者が、畳を持ち上げ、落ちた床下を探っていたのである。

「おい、おめえ。何をしてやがる？」

と、藤村が声をかけたとき、その若者は床下から何かを拾い上げ、

「落としたものを拾っただけですぜ」

「こんなときに、おかしいな」

「おかしくなんかありませんよ。これは、あっしの宝物ですから」

ちらりと見せたのは、根付よりも小さな、財布につけるお守りみたいなものだった。

「ちっと、こっちへ来いよ」

藤村が近づこうとしたとき、ふたたび凄まじい音がしはじめた。

ぎしぎしぎしぎし。

ばりばりどっすん。

今度は二階の一部が崩れたのである。

たまらず、藤村も頭を押さえながら、表のほうへ退却した。

騒ぎはおさまったけれど、なにせ外は夜である。藤村が仁左衛門とともに仙人組の連中からくわしい話を訊くことができたのは、翌日になってからだった。

「おめえたちのなかに、いかにも俊敏そうな身体つきをした若いやつがいただろ」

「ああ、巳之吉《みのきち》のことですか？」

「今日はいねえな」

崩れた二階の下から、遺体も怪我人も見つかっていない。あの若者はすばやく裏のほうに逃げたのだろう。

「ああ、いませんね」

「あいつは、どこの若旦那なんでえ？」

「あれは若旦那か？」

仙台屋の元若旦那は、振り向いて仲間に訊いた。

「いや、あれはただの鳶《とび》のはずです」

「いつからおめえたちの仲間になったんだよ」

「あいつはつい最近です。このあいだ、そこの飲み屋で、次は山城屋の謙二郎をおとしいれようって話をしてたら、あいつが急にわきから声をかけてきたんです」

「そうそう。だいたい、山城屋に人を大勢集めて義太夫の会をやらせるといいと言い出したのは、あいつなんです」

「なんだと」

「だって、おれたちはそれまで、褒めたり持ち上げたりして、店の者にもどんどん語ってやれとは勧めても、会をやれなんて言ったことはなかったもの」

　すると、それまでおとなしそうにしていた色の白い二枚目が、
「そういえば、あいつ、あの家が白蟻のため、床下の根太《ねだ》が駄目になっていること
を知っていたぜ」
「本当か、それは？」
「ええ。本当です。なんでも、以前、あそこの床下にもぐったことがあって、その
ときに見たんだとか。ああ、それで、そのときに初恋の女からもらったお守りを落
としたから、なんとしても拾いたいんだと」
「ああ」
　それがあのときのお守りだったのだ。だとすれば、宝物と言ったのも、嘘ではな
かったことになる。
「ということは、仁左……」
　と、藤村は小声で仁左衛門に言った。
「そいつは、たんにちっぽけなお守りを拾いたいがために、何百人も集まる会を仕
掛け、あの家を崩したってことになるぜ」
「まったくだ。しかも、床下にもぐったっていうが、どういうやつなんだい？」
「それは、おそらく……」

藤村はもう一度、山城屋に引き返した。

「なあ、円蔵さんよ。この山城屋に近頃、盗人が入ったってことはなかったかい？」

円蔵を外に呼び出した藤村が訊いた。同心のときの顔になっている。

「え？」

円蔵の顔がぎゅっと両側からはさまれたように強ばった。

「ど、どうしてそんなことを？」

「例の仙人組のことで気になることがあってさ」

「盗人ですか」

「あったんだろ」

「さあて」

あくまでとぼけたいらしい。

藤村はすこし無理して笑顔を見せ、

「あのさ、おいらはもう奉行所の同心じゃねえ。しかも、山城屋が悪事をしたというならまだしも、逆に被害にあった。だが、被害にあったことは、あまりおおやけにはされたくない」

「…………」

「そりゃそうだわな。盗人に入られているようじゃ、商人としての信用も落ちる。しかも、調べのために奉行所の者が出入りすることになり、それも客足を遠ざけたり、商売の邪魔になったりする。できれば、何もなかったことにしたいもの。わかるぜ、おいらもその気持ちは。わかるからこそ、正直に教えてもらいてえんだ」

「そうですか。では、申し上げます。ひと月ほど前、山城屋に盗人が入りました」

「やっぱりかい」

「盗人は、床下から潜入して、奥の若旦那の部屋に這い上がったみたいでした。ちょうどそのとき、若旦那は二百両ほど入った手文庫を、机の上に置きっぱなしにしていまして」

「それがやられたと？」

「はい。畳が持ち上がっていましたから、すぐに賊が床下から侵入したことはわかりました。それから、二度とこうしたことはないように、床下に侵入できそうなところは、しっかりふさいでおいたのです」

「なるほど……」

それがために、あの盗人は床下に落し物を取りに行けず、たまたま知り合った馬鹿な仙人組をそそのかし、腐っていた床が抜けるような義太夫の会を実行させたのである。

「まいったな」

と、藤村はつぶやいた。盗人のくせに、たいした大掛かりなことをやってのけたのである。

――まさかな。

藤村はときおり同心たちのあいだで噂になっていた怪盗の名を思い出していた。ねずみ小僧次郎吉《じろきち》。誰がそう呼びだしたのかも知らない。狙うのは大名屋敷か、大店。盗まれたほうは外聞を気にし、ひたすらその事実を隠そうとするらしい。

金持ちの気持ちを知った、盲点をつくような悪事である。貧しい者はむしろ喝采を浴びせたくなるだろう。

だが、あの男は巳之吉といったはずである。もっとも名前なんぞはどうにでも変えられる。

――だったら面白いがな。

同心ではなくなったいま、藤村にできるのは、にやりと笑うくらいのことだった。

「ちっと、これを飲んでみてくれよ」

いくつかの薬草を煎じたものを、夏木は茶碗に入れ、藤村と仁左衛門の前に置いた。

「苦そうだな。仁左、あんたが先に飲みなよ」

「そりゃあないよ、藤村さんこそいっきにぐっと」

二人、同時に飲んだ。

「うえっ」

「まずいな、これは」

「あの若旦那の義太夫とどっちがひどい？」

「ああ、そりゃあいい勝負だ」

夏木はこのところ、薬草に興味を持った。たくさんの薬草についての書物を集め、寿庵にも尋ねたりしている。

詳しくなると、他人にも調合してやりたくなるものらしい。

「ところで、これはなんに効くんだい？」

と、藤村が訊いた。

「精力増強さ。ほとんど二十歳の若者並みになるやもしれぬ」

「おい、勘弁してくれよ。こんなおやじが、そこだけ二十歳の若者になったって、もてあますだけだろうが」

「嘘だ、嘘だ。腎の働きをよくし、小便の出を活発にする」

「あ、それはいいや。近頃、情けねえ小便ばかりだから」

「仁左もかい。おいらも似たようなもんだぜ」

藤村と仁左衛門が飲み干すのを見終えて、夏木が、

「医者になろうかな」

と、言った。医師の免許などはないから、なろうと思えば、誰でもなれる。看板を掲げれば、誰でも医者である。

「げっ。夏木さま。それは勘弁してよ。五十六にもなって、いまから医者はねえ」

「そうかな。だからこそ、いいんだ。人生や人間をよく見つめてきた者だからこそ、できる治療というのがあるだろう」

「だから、それは寿庵さんにまかせて」

「そら、そうか」

そんな話をしていると——。

「おやじ、来てますか？」

と、仁左衛門の倅の鯉右衛門が飛び込んできた。以前、見かけたときよりもなんとなくすっきりした顔になっている。このあいだは、すこしむくんだような顔をしていたものだ。

「どうした？」

「産まれたんだよ。おさとさんに。赤ん坊が」

「なんだって。朝はなんともなかったじゃねえか」

「急に産気づいてね。急いで産婆を呼んだら、すぐに」

「どっちだい？」

「男だよ。おやじ、たいした立派な男の子だよ」

「男かぁ」

仁左衛門の声が裏返った。

夏木と藤村も、

「おうっ」

と、歓声をあげた。仁左衛門は娘でもいいと言ってはいたが、いまのほころばせようを見ると、やっぱり男を期待していたのだろう。

「ほら、仁左。すぐ行きなよ」

「おう。わしらもすぐに行くからな」

「いやあ、倅かよ。まいったなあ」

仁左衛門はぶつぶつ言いながらも、駆け出していった。

夜のなかに、甘い花の匂いが流れていた。覚えのある匂いであり、この匂いのもとである花の名を、もう何度も加代から聞いていたはずだが、それでも思い出せない。記憶力がずいぶん悪くなったのか、それとも端から覚える気がなかったのか。

仁左衛門の倅はなんとも可愛らしかった。

生まれたての赤ん坊などというのは、たいがい猿のようであまり可愛いとは思えないものだが、あの赤ん坊はふうわりとして、肌などもつるんとして、藤村でさえ抱き上げてみたくなったほどだった。

五十六年も生きてきて、この世というところはかなり厄介で、面倒なことや嫌なことが山ほどあるというのに、新しい命を見ると、なにか喜びを感じるというのは不思議なことだった。

「仁左もこれから大変だな」

そこの湊橋のところで別れるとき、夏木はそう言った。

「まったくだ」

と、藤村は答えた。

七福堂は小さな店がどうにか客を集めだしたとはいっても、まだまだどうなるかはわからない。いったん大きくなっていた商売を小さくするというのは、それはそれで大変なのだと、仁左衛門は言っていた。

藤村は、商売のことなど何もわからないが、そういうこともあるのだろう。仁左としてはやはり、以前の七福堂を買い戻して、ようやく一安心となるのではないか。

越前堀のところに斜めに架かった霊岸橋を渡るとき、水の音が大きく聞こえた。雨が降ったわけではないが、水の量でも増えているのではないか。

これを渡れば、そこはもう町方の役宅が並ぶ八丁堀である。

こっちから行けば、藤村の役宅はすぐのところにある。

今日も、家への戻りは三日ぶりだった。

やはり、家での居心地はあまりよくない。なにより、康四郎と顔を合わせるのが気まずい。康四郎もかな女から、別れを告げられたことは、雰囲気でわかる。

向こうも父親とは顔を合わせたくないらしく、夜、遅く帰り、朝は早く出て行く。

ほとんど、顔を合わせることがない。

だが、夏木などに訊いても、そんなものらしい。

「たまに会うと、説教をしたくなるから、会わないほうがいいのさ」

と、夏木は言っていた。

玄関口を入り、

「いま、帰った」

と、奥に声をかけた。加代の返事はない。いつも、別に嬉しそうではないが、「お帰りなさいまし」くらいは答える。

明かりがあるからいるのだろうが、香木でも削ったりしているのだろうか。加代は、ああいうことに熱中すると、ほかは耳に入らなかったりする。むしろ、男っぽい性格なのではないか。

「飯はないか」

玄関わきの小部屋で、袴を脱ぎながら、加代に訊いた。

また返事がない。

「おい、訊いているのだぞ」

そう言いながら、奥の居間に入った。

康四郎がいた。正座をし、腕組みをしていた。藤村の父がよくこの姿勢のまま、同じ場所に座っていたことを思い出した。

「なんだ、お前がいたのか」

藤村はすこしたじろいだように言った。

「父上……」

「なんでえ」

かな女のことで、何か文句でも言われるのか。そんな筋合いはない。

「母上が家を出ました」

「え？」

「母上が家を出て行きました」

康四郎が暗い顔で言って、置き手紙をすっと藤村の前に押し出した。

夏木権之助の猫日記（四）　赤猫の影

一

〈初秋亭〉の戸口のところに立った若い女は、柳の木のようになよっとして、さらさらと風に吹かれているみたいな感じがした。派手な色合いのものは、なに一つ身につけていないが、なぜか素晴らしくお洒落《しゃれ》をしているようにも見えた。

――ここらに、こんな娘はいたかな。

と、夏木権之助は思った。いればとうに目についていたはずである。

「こちらの旦那《だんな》方は、猫の悩みを解決してくれるんですって？」

女は柔らかい口調で訊《き》いた。

「猫に限ったわけではないが、どうしたのかな？」

「じつは、隣の家の障子窓に、夜、猫の影が走るんです。隣じゃ猫なんか飼っていないのに。あたし、怖くて、気味悪くて、なんとかしていただけないかと思ったたんです」

「なんとかとな」

どうしたらいいのか、咄嗟《とっさ》には思い浮かばない。つまりは化け猫退治になるのか。

「これは、ほんのご挨拶《あいさつ》で。解決したときには、改めてお礼をさせていただきます」

差し出されたのは、日本橋の銘菓、高価なことで知られる〈鈴木《すずき》越後《えちご》〉の羊羹《ようかん》だった。

「家はどこだい？　あまり見かけない人だけど」

夏木の後ろで、仁左衛門が訊いた。

「そっちの〈魚八《うおはち》〉さんの手前にある一軒家です。最近、引っ越してきたんです」

「じゃあ、猫の影が走るというのは……」

「魚八さんのところです」

「へえ。魚八はよく知ってるよ。何も言ってなかったけどね」

「そうですか」

女は、引き受けてもらえるのかと、訊くような目で夏木を見た。

「なんとかできるかどうかは、その猫の影を見てからでないとわからんよ。羊羹は持って帰ったほうがよいな」

と、夏木は言った。

「いいえ。遅くなりましたが、越して来たご挨拶です。あ、おさきといいます」

おさきは初めて笑みを見せた。どこか心細いような、泣き顔に変わる寸前のような、不思議な笑顔だった。


夜に家を訪ねる約束をして、おさきが帰って行くと、夏木はふらりと魚八の店を見に行った。正源寺《しょうげんじ》のほうに曲がって数軒目のところにあり、ここでときどき干物や切り身を買い、初秋亭の庭に七輪を出して、焼いて食うこともある。

あるじの銀八《ぎんぱち》が店先にいたので、

「あんた、隣の娘に猫のことでなんか言われなかったか？」

と、訊いた。

「ああ。猫、飼ってませんよね、って訊かれました。もちろん、猫なんか飼うわけありませんよ。猫は可愛いなとは思いますが、なんせ、商売物を齧《かじ》られたり、舐《な》められたりしたら、まずいでしょうが」

「そうだよな」

「夜、うちの障子窓に猫の影が映るとか言ってたんですが、夢でも見たんでしょう」

「だといがな」

「なんです。初秋亭の旦那方に、うちには化け猫がいるとか言いつけたんですか？」

「そこまでは言っておらぬが」

似たようなものである。

「あいつ、ちっと妙な娘でしょう」

銀八は隣をちらりと見て言った。おさきは家のなかにいるのだ。

「まあな」

若いといっても、二十三、四にはなっているか。何をして食べているのかも訊いていなかった。

「髪結いだそうですぜ。そこも、以前は髪結いの店でした。おはつって婆さんが引退して空き家になってたんですが、そのおはつに薦められて来たんだそうです」

「男はいるみたいか？」

夏木は声を低めて訊いた。

「いや。男っけはないみたいです。ああいう妙な女は、まあ、ふつうの男はちっと及び腰になるんじゃねえですか」

銀八はさらに声を低くして、囁《ささや》くように言った。

二

夜の五つ（八時）ごろになって、夏木はおさきの家にやって来た。

二階に上がり、魚八の窓が見えるところに座った。下は茗荷《みょうが》が生えた小さな庭になっていて、窓と窓のあいだは一間半（二・七メートル）ほどある。

夏はすでに過ぎ、大川のほうから来る秋風が心地よい。魚八の二階の窓は障子戸が閉められ、真っ暗である。暗いうちに起きて、魚河岸《うおがし》に魚を仕入れに行くので、いまごろはもう寝入っている。

「いつも、いま時分に出るのかい？」

「ええ。あたしはだいたいいまごろ、蒲団《ふとん》を敷き、部屋に風を通すのです。来て、二日目にその影を見ました。見まいと思うのですが、どうしても気になって」

おさきがそこまで言ったときである。

まさに、その影が現われた。夏木もはっきりと見た。

一瞬である。

向こうの障子が赤く染まったかと思うと、頭と胴があるような影が、赤い光のなった。

かをサッと横切った。

「これだけか？」

と言って、おさきを見た。

影の出現よりも、おさきの反応に驚いた。自分の手を睨《にら》むように凝視し、それから膝《ひざ》から下の足を着物のうえから叩《たた》くように触りつづけている。まるで、自分のからだを叱りつけ、説教でもしているようだった。

「大丈夫か？　どうした？」

夏木は訊いた。

「あ、はい」

と、おさきは吾《われ》に返ったように動きを止め、

「ご覧になりました？」

「ああ、見たよ」

「ほんとに出るでしょう？」

「だが、あれは猫の影かな？　頭と胴はあったようだが」

人によっては、犬とも狸とも言うのではないか。

「いえ、猫の影です。赤猫の影」

「赤猫の影……」

夏木はもう一度、魚八の二階の窓を見た。銀八はどうせ眠りこけているに違いない。かすかにいびきらしき音も聞こえている。


じつは——。

この謎を、夏木はいともたやすく解いてしまったのである。

初秋亭に泊まって、寝ながら考えて当たりをつけ、確かめるために、翌朝、魚八のもう一軒向こうの家を訪ねた。

ここには、辰吉《たつきち》というやたらと体格のいい若い男が、野菜の棒手振りをしている弟といっしょに住んでいる。弟は一階で寝て、辰吉が二階を使っているが、その辰吉は夜の仕事でここでは寝ていない。夜の五つごろになると、永代橋を渡って、対岸の新川《しんかわ》に働きに行くのだ。

新川の両岸には、酒問屋と酒蔵がずらりと並んでいる。辰吉は、この酒問屋仲間に頼まれて、夜中の警護の仕事をしているのである。

ちょうど、その仕事から帰って来たところだった。

「お前のその商売道具だがな」

と、夏木は辰吉が手に持っていたがんどうを指差した。円錐《えんすい》形をした鉄の道具で、なかにろうそくを入れ、見たいほうにそれを向けるのである。明かりが拡散しないので、かなり明るく見たい方向を照らし出す。夜の警戒にはぴったりで、捕物などにも使われるものだった。

「これがなにか？」

もちろんいまは、ろうそくも入っておらず、ただ手にぶら下げている。

「仕事に行く前、それで外を照らしたりはしておらぬか？」

「ああ、してますよ。出かける前、一度、これに火を入れ、ちゃんと照らしてくれるか試してみることにしてますから」

「そのとき、魚八の二階の窓に明かりを向けたりしておらぬか？」

「してます、してます。魚八の窓を照らし、こうやってこぶしで影をつくって、ひょいと動かし、明かりの準備もよしと」

「やっぱり」

それだとまさに、なにか生きものの影がよぎるように映るはずである。

その明かりは、こちら側だけでなく、おさきの家のほうの障子窓まで照らし、おさきはそれを見たに違いない。

もちろん、魚八の二階の部屋のなかにも明かりは走るが、銀八はぐっすり寝ているから気がつかないのだ。

「それで銀八が文句でも言ってるんですかい？」

と、辰吉は訊《き》いた。

「いや、銀八ではなく、その向こうに住むおさきという娘が怖がっているのだ」

「ああ、おさきがね。あいつ、気が小さいというか、ものに感じやすいというか、子どものときからそうでしたから」

辰吉は、友だちをいたわるように言った。

「なんだ、おさきを知っているのか？」

「もともとこの近くの生まれなんですよ」

「そうなのか」

「あいつは、子どものころから、手先が器用で、お洒落《しやれ》だったんです。それで人形《にんぎよう》町《ちよう》の髪結いの弟子になったんですが、すぐに引っ張りだこになったみたいですよ。おさきに髷《まげ》を結ってもらうと、男は男っぷりが、女は女っぷりが格段に上がるってんでね」

「男も女もやるのか」

「そうなんです。近ごろじゃ、歌舞伎役者とか、大店《おおだな》のお嬢さんからも声がかかり、今度、大関の土俵入りのときの髷も頼まれたって、それはほかから聞きました。あいつは照れ屋で、あんまり自慢めいたことは言いませんから」

「だが、なんで人形町から深川に来たのだ?」

それほどの売れっ子なら、向こうで稼いでいたほうがよさそうである。

「住んでいた家が火事で焼けたみたいですよ。それほど大きくはならなかったけど、十軒くらいは焼けたそうです。それで、とりあえずこっちに来てるだけでしょう」

「ふうむ。火事でな……」

夏木は、猫の影の正体を、すぐにおさきに伝えることはしなかった。いささか気にかかることが出てきたからである。

三

初秋亭にもどると、藤村慎三郎が来ていた。

「例の猫の影のことだがな……」

と、夏木はわかったことを藤村に話し、

「おさきは、赤猫の影を見たと言ったのだ」

「ほう」

「赤猫とは、付け火のことだったな」

「ああ、そうだ。だが、誰でも使う言葉じゃねえ。小伝馬町の牢屋敷《ろうやしき》あたりから言われ出したみたいだよ。炎が家を舐《な》めるのと、猫が皿を舐めるのをひっかけたともいうが、語源はよくわからねえ。でも、赤猫が走ってくれたら、避難させるのに、牢から出してもらえるかも、などと言ったりしてるよ」

　と、藤村は言った。

「あの怯《おび》え方は奇妙だった」

「怯えたのか？　まさか、付け火でも？」

　藤村の顔が変わった。

　そのとき、ちょうど隣の番屋で藤村の息子の声がした。

「おい、康四郎」

　藤村は息子を呼んだ。

「なんです、父上」

「半月前、人形町あたりで火事があったか？」

「ありました。付け火です」

藤村康四郎は、なんで知ってるんだという顔で言った。

四

「あたしが火をつけたのかもしれません」

おさきは、猫の影を見たのとは反対側の窓から、人形町のほうを見ながら言った。

顔は陶器になったように硬く、青ざめている。

夏木は座って、おさきの横顔を見つめている。

「なぜ、そう思うんだ？」

夏木はやさしく訊いた。

「あたし、火事が大好きなんです。男の人で火事が好きな人は多いですが、火事の好きな女なんて、聞いたことありません」

「確かに少ないかもな」

「あの晩の記憶ってあまりないんです。ただ、むしゃくしゃすることがあって、ちょっとだけお酒を飲んで寝たんです。気がついたとき、あたしの家は燃えてました。近所の人が飛び込んで来て、炎を見つめていたあたしを助け出してくれたそうです。火をつけたのは、たぶん、あたしです。いつか、やるんじゃないかと怖かったんです」

おさきは言いながら、涙を流している。

「おさき」

夏木は、気を取り直せというように名を呼んだ。

「はい？」

「火をつけたのは、あんたではない」

「なぜ、わかるんですか？」

おさきは怒ったように訊いた。

「その火事の付け火の下手人が見つかったのだ。わしの友人の倅《せがれ》が捕まえたそうでな。昨夜のことだ。あの近くに住む料理屋の若旦那《わかだんな》だった。白状もしたそうだ」

「え……」

おさきは呆然《ぼうぜん》とし、それからゆっくり、安堵《あんど》の表情に変わった。

夏木は黙って、次のおさきの言葉を待った。なにか話してくれそうな気配だった。

「あたし、子どものころから、火事ってきれいだなって思ってました。炎ってきれいって。死んだおとっつぁんも火事が好きで、川の向こう岸の火事を父に抱かれて、こっちから見ていた覚えもあります」

「そりゃ、まあ、見ようによっちゃ、きれいなものだわな」

「しかも、炎のなかに人が立つと、もっときれいに思えるんです。髪を結うとき、この人が炎のなかに立ったとき、どんなふうに髷を結うといちばんきれいに見えるだろうって考えると、ぴったりの髷のかたちが思い浮かぶんです。変ですよね」

「変かどうかはわからぬがな」

独特の感じ方があるのだろう。そして、おそらくそれが、才能の片鱗というものなのだろう。

「そうですか。付け火の下手人、見つかったんですか。あたしじゃなくて、よかった」

おさきは改めて、その報《しら》せを嚙《か》みしめるように言った。

「怖かったんだな?」

と、夏木は訊《き》いた。だから、赤猫の影を見たのだろう。

「だと思います。でも、いつか、あたしは……」

おさきはそこで言葉を止めた。また、顔がすこし硬くなっている。

だが、夏木にはなにを言おうとしたのかわかった。

「それは大丈夫だ。あんたは、しないよ」

「どうしてです？」

「誰しも心のなかには危ないものがある、ある種の赤猫が棲《す》んでいる——そのことを知っている者は、それをしないで済むんだ。知らずにいる者が、やったりするんだよ」

「ああ。それを聞いて安心しました」

「そうだ。安心して、炎のなかの人を思い描き、いちばん似合う髷を結ってあげたらいいのさ。大勢の人が、あんたの才能を待っているんだからな」

「はい」

おさきは嬉《うれ》しそうに、大きくうなずいたのだった。

本書は二〇〇七年八月、二見時代小説文庫から
刊行されました。
「夏木権之助の猫日記（四） 赤猫の影」は書き
下ろしです。

下《げ》郎《ろう》の月《つき》

大《おお》江《え》戸《ど》定《てい》年《ねん》組《ぐみ》

風《かぜ》野《の》真《ま》知《ち》雄《お》

令和4年 3月25日　初版発行
令和6年 9月20日　再版発行

発行者●山下直久

発行●株式会社KADOKAWA
〒102-8177　東京都千代田区富士見2-13-3
電話　0570-002-301（ナビダイヤル）

角川文庫 23116

印刷所●株式会社KADOKAWA
製本所●株式会社KADOKAWA

表紙画●和田三造

ISBN 978-4-04-111537-4　C0193

◆◇◇

角川文庫発刊に際して

角川源義

第二次世界大戦の敗北は、軍事力の敗北であった以上に、私たちの若い文化力の敗退であった。私たちの文化が戦争に対して如何に無力であり、単なるあだ花に過ぎなかったかを、私たちは身を以て体験し痛感した。西洋近代文化の摂取にとって、明治以後八十年の歳月は決して短かすぎたとは言えない。にもかかわらず、近代文化の伝統を確立し、自由な批判と柔軟な良識に富む文化層として自らを形成することに私たちは失敗して来た。そしてこれは、各層への文化の普及滲透を任務とする出版人の責任でもあった。

一九四五年以来、私たちは再び振出しに戻り、第一歩から踏み出すことを余儀なくされた。これは大きな不幸ではあるが、反面、これまでの混沌・未熟・歪曲の中にあった我が国の文化に秩序と確たる基礎を齎らすためには絶好の機会でもある。角川書店は、このような祖国の文化的危機にあたり、微力をも顧みず再建の礎石たるべき抱負と決意とをもって出発したが、ここに創立以来の念願を果すべく角川文庫を発刊する。これまで刊行されたあらゆる全集叢書文庫類の長所と短所とを検討し、古今東西の不朽の典籍を、良心的編集のもとに、廉価に、そして書架にふさわしい美本として、多くのひとびとに提供しようとする。しかし私たちは徒らに百科全書的な知識のジレッタントを作ることを目的とせず、あくまで祖国の文化に秩序と再建への道を示し、この文庫を角川書店の栄ある事業として、今後永久に継続発展せしめ、学芸と教養との殿堂として大成せんことを期したい。多くの読書子の愛情ある忠言と支持とによって、この希望と抱負とを完遂せしめられんことを願う。

一九四九年五月三日

角川文庫ベストセラー

妻は、くノ一　全十巻　風野真知雄

平戸藩の御船手方書物天文係の雙星彦馬は藩きっての変わり者。その彼のもとに清楚な美人、織江が嫁に来た!? だが織江はすぐに失踪。彦馬は妻を探しに江戸へ向かう。実は織江は、凄腕のくノ一だったのだ!

いちばん嫌な敵　妻は、くノ一　蛇之巻1　風野真知雄

運命の夫・彦馬と出会う前、長州に潜入していた凄腕くノ一織江。任務を終え姿を消すが、そのときある男に目をつけられていた——。最凶最悪の敵から、織江は逃れられるか？　新シリーズ開幕!

幽霊の町　妻は、くノ一　蛇之巻2　風野真知雄

日本橋にある橋を歩く坊主頭の男が、いきなり爆発した。騒ぎに紛れて男は逃走したという。前代未聞の事件が、実は長州忍者のしわざだと考えた織江は、その恐ろしい目的に気づき……書き下ろしシリーズ第2弾。

大統領の首　妻は、くノ一　蛇之巻3　風野真知雄

かつて織江の命を狙っていた長州忍者・蛇文が、米国の要人暗殺計画に関わっているとの噂を聞いた彦馬と織江。保安官、ピンカートン探偵社の仲間とともに蛇文を追い、ついに、最凶最悪の敵と対峙する!

姫は、三十一　風野真知雄

平戸藩の江戸屋敷に住む清湖姫は、微妙なお年頃のお姫様。市井に出歩き町角で起こる不思議な出来事を調べるのが好き。この年になって急に、素敵な男性が次々と現れて……恋に事件に、花のお江戸を駆け巡る!

角川文庫ベストセラー

恋は愚かと
姫は、三十一2
風野真知雄

赤穂浪士を預かった大名家で発見された奇妙な文献。そこには討ち入りに関わる驚愕の新事実が記されていた。さらにその記述にまつわる殺人事件も発生。右往左往する静湖姫の前に、また素敵な男性が現れて――。

君微笑めば
姫は、三十一3
風野真知雄

謎の書き置きを残し、駆け落ちした姫さま。豪商〈薩摩屋〉から、奇妙な手口で大金を盗んだ義賊・怪盗一寸小僧。モテ年到来の静湖姫が、江戸を賑わす謎を追う！　大人気書き下ろしシリーズ第三弾！

薔薇色の人
姫は、三十一4
風野真知雄

売れっ子絵師・清麿が美人画に描いたことで人気となった町娘2人を付け狙う者が現れた。〈謎解き屋〉を始めた自由奔放な三十路の姫さま・静湖姫は、その不届き者捜しを依頼されるが……。人気シリーズ第4弾！

鳥の子守唄
姫は、三十一5
風野真知雄

謎解き屋を始めた、モテ期の姫さま静湖姫。今度の依頼人は、なんと「大鷲にさらわれた」という男。一方、〝渡り鳥貿易〟で異国との交流を図る松浦静山の屋敷に、謎の手紙をくくりつけたカッコウが現れ……。

運命のひと
姫は、三十一6
風野真知雄

〈謎解き屋〉を開業中の静湖姫にまた奇妙な依頼が。長屋に住む八世帯が一夜で入れ替わった謎を解いてくれというのだ。背後に大事件の気配を感じ、姫は張り切って謎に挑む。一方、恋の行方にも大きな転機が!?

角川文庫ベストセラー

百鬼斬り
四十郎化け物始末2
風野真知雄

借金返済のため、いやいやながらも化け物退治を引き受けるうちに有名になってしまった浪人・月村四十郎。ある日そば屋に毎夜現れる閻魔を退治してほしいとの依頼が……人気著者が放つ、シリーズ第2弾！

幻魔斬り
四十郎化け物始末3
風野真知雄

礼金のよい化け物退治をこなしても、いっこうに借金の減らない四十郎。その四十郎にまた新たな化け物退治の依頼が舞い込んだ。医院の入院患者が、一夜にして骸骨になったというのだ。四十郎の運命やいかに！

猫鳴小路のおそろし屋
風野真知雄

江戸は新両替町にひっそりと佇む骨董商〈おそろし屋〉。光圀公の杖は四両二分……店主・お縁が売る古い品には、歴史の裏の驚愕の事件譚や、ぞっとする話がついてくる。この店にもある秘密があって……？

猫鳴小路のおそろし屋2
酒呑童子の盃
風野真知雄

江戸の猫鳴小路にて、骨董商〈おそろし屋〉をひっそりと営むお縁と、お庭番・月岡。赤穂浪士が吉良邸討ち入り時に使ったとされる太鼓の音に呼応するように、第二の刺客〝カマキリ半五郎〟が襲い来る！

猫鳴小路のおそろし屋3
江戸城奇譚
風野真知雄

江戸・猫鳴小路の骨董商〈おそろし屋〉で売られている骨董は、お縁が大奥を逃げ出す際、将軍・徳川家茂が持たせた物だった。お縁はその骨董好きゆえ、江戸城の秘密を知ってしまったのだ——。感動の完結巻！

角川文庫ベストセラー

女が、さむらい　風野真知雄

修行に励むうち、千葉道場の筆頭剣士となっていた長州藩の風変わりな娘・七緒は、縁談の席で強盗殺人事件に遭遇。犯人を倒し、謎の男・猫神を助けたことから、妖刀村正にまつわる陰謀に巻き込まれ……。

女が、さむらい　鯨を一太刀　風野真知雄

徳川家に不吉を成す刀〈村正〉の情報収集のため、店を構えたお庭番の猫神と、それを手伝う女剣士の七緒。ある日、斬られた者がその場では気づかず、帰宅してから死んだという刀〈兼光〉が持ち込まれ……？

女が、さむらい　置きざり国広　風野真知雄

情報収集のための刀剣鑑定屋〈猫神堂〉に持ち込まれた名刀〈国広〉。なんと下駄屋の店先に置き去りにされていたという。高価な刀が何故？　時代の変化が芽吹く江戸で、腕利きお庭番と美しき女剣士が活躍！

女が、さむらい　最後の鑑定　風野真知雄

刀に纏わる事件を推理と剣術で鮮やかに解決してきた猫神と七緒。江戸に降った星をきっかけに幕府と紀州忍軍、薩摩・長州藩が動き出し、2人も刀に導かれるように騒ぎの渦中へ――。驚天動地の完結巻！

沙羅沙羅越え　風野真知雄

戦国時代末期。越中の佐々成政は、家康に、秀吉への徹底抗戦を懇願するため、厳冬期の飛驒山脈越えを決意する。何度でも負けてやる――白い地獄に挑んだ生真面目な武将の生き様とは。中山義秀文学賞受賞作。

角川文庫ベストセラー

角川文庫ベストセラー

闇の梟
火盗改鬼与力
鳥羽亮
吉原近くで斬られた男は、火盗改同心・風間の密偵だった。密偵は、死者を出さない手口の「梟党」と呼ばれる盗賊を探っていたが、太刀筋は武士のものと思われた。与力・雲井竜之介が謎に挑む。シリーズ第2弾。

入相の鐘
火盗改鬼与力
鳥羽亮
日本橋小網町の米問屋・奈良屋が襲われ主人と番頭が殺された。大黒柱を失った弱みにつけ込み同業者が難題を持ち込む。しかし雲井はその裏に、十数年前江戸市中を震撼させ姿を消した凶賊の気配を感じ取った！

百眼の賊
火盗改鬼与力
鳥羽亮
火事を知らせる半鐘が鳴る中、「百眼」の仮面をつけた盗賊が両替商を襲った。手練れを擁する盗賊団「百眼一味」は公然と町奉行所にも牙を剝く。ひるむ八丁堀をよそに、竜之介ら火盗改だけが賊に立ち向かう！

虎乱
火盗改鬼与力
鳥羽亮
火盗改同心の密偵が、浅草近くで斬殺死体で見つかった。密偵は寺で開かれている賭場を探っていた。寺での事件なら町奉行所は手を出せない。残された子どもたちのため、「虎乱」を名乗る手練れに雲井が挑む！

夜隠れおせん
火盗改鬼与力
鳥羽亮
待ち伏せを食らい壊滅した「夜隠れ党」頭目の娘おせん。父の仇を討ったため裏切り者源三郎を狙う。一方、火盗改の竜之介も源三郎を追うが、手練二人の挟み撃ちに…大人気書き下ろし時代小説シリーズ第6弾！

角川文庫ベストセラー